Sarah et Shana
La force du Cobra

Au Clair de Plume (6 plumes)

© 2018

ISBN : 9782363158147

Cet ebook a été réalisé avec IGGY FACTORY.
Pour plus d'informations rendez-vous sur le site : www.iggybook.com

Résumé

Sarah & Shana – La force du Cobra

Sarah est une jeune femme d'origine Africaine vivant à Paris.

Alors qu'elle rentre chez elle, elle est attaquée par un homme qui s'est introduit par effraction.

La suite des événements est un mélange de magies, de retour aux sources, son pays, sa terre, ses coutumes, … sa famille.

Note des auteures / auteurs

Ceci est un roman écrit à plusieurs mains dans le cadre de la communauté « Au Clair de Plume », sous la forme d'un jeu de plumes croisées. Ce roman reste encore un premier jet, même si un travail post-écriture a été réalisé pour le rendre plus harmonieux.

Il alterne les points de vue et styles de chacune et chacun des auteures / auteurs. Il mélange psychologie, magie, thriller, lutte pour la survie, quête de ses origines…

Autres livres numériques de Au Clair de Plume

Thèmes : Si… – Fragilité – Le jour viendra… –

Auteurs : Alicéa Stellata, Alicia Victoriama, Anne Françoise Rappez, Anneh Cerola, Chramn Pendragon, Deux Cent Cinquante Et Un, Diatta-Danicourt Marie-Anne, Ela F, Frederic Charlet, Irene Mids, J. C. M., Juste moi c'est tout, Kamel. B., Marianne Leitao Ecrivain & médium, Moi au bout de mes reves, Monshe Kerami Kodas, P. SABAG, Souleymane Loembé

Télécharger ici https://www.atramenta.net/lire/themes-6-et-7—si—fragilite—le-jour-viendra/70264

Thème : Le Grenier

Auteurs : Alicia Victoriama, Anne Françoise Rappez, Anneh Cerola, Deux Cent Cinquante Et Un, Diatta-Danicourt Marie-Anne, Ela F, Frederic Charlet, Irene Mids, J. C. M., José Delattre, Juste moi c'est tout, Kamel. B., Marianne Leitao Ecrivain & médium, Moi au bout de mes reves, Monshe Kerami Kodas, Poétiquement Votre, P. SABAG, Souleymane Loembé

Télécharger ici https://www.atramenta.net/lire/recueil-le-grenier/69918

Thème – Toujours – La Folie – Et Si Demain

Auteurs : Alicéa Stellata, Alicia Victoriama, Anne Françoise Rappez, Anneh Cerola, Deux Cent Cinquante Et Un, c. JoDe, Irène Mids, J. C. M., José Delattre, Juste moi c'est tout, Marianne Leitao Ecrivain & médium, Moi au bout de mes reves, Monshe kerami kodas, Nadéliane B., P. SABAG, Scribe 7, Souleymane Loembé

Télécharger ici https://www.atramenta.net/lire/theme-3—les-oppositions/68845

Thème : Lettre à

Auteurs : Alicia Victoriama, Anne Françoise Rappez, Anneh Cerola, Deux Cent Cinquante Et Un, c. JoDe, Frédéric Charlet, Irène Mids, J. C. M., José Delattre, Juste moi c'est tout, Moi au bout de mes reves, Nadéliane B., P. SABAG, Poétiquement Votre, Rivière Rivière, Scribe 7, Souleymane Loembé

Télécharger ici https://www.atramenta.net/lire/recueil-lettre-a/68756

Thème : Depuis une citation de Michangelo Antonioni : « Aimer, c'est vivre dans l'imagination de quelqu'un. »

Auteurs : Alicia Victoriama, Anne Françoise Rappez, Anneh Cerola, Deux Cent Cinquante Et Un, Irène Mids, J. C. M., Juste moi c'est tout, P. SABAG, Scribe 7, Souleymane Loembé

Télécharger ici https://www.atramenta.net/lire/theme-1bis—depuis-une-citation/68736

Thème : La Mer

Auteurs : Alicia Victoriama, Anne Françoise Rappez, Anneh Cerola, Deux Cent Cinquante Et Un, c. JoDe, Irène Mids, J. C. M., José Delattre, Juste moi c'est tout, Moi au bout de mes reves, Monshe kerami kodas, P. SABAG, Poétiquement Votre, Scribe 7, Souleymane Loembé

Télécharger ici https://www.atramenta.net/lire/recueil-la-mer/68658

Chapitre 1

France

(Plume-1) CH 1–1

La lune pleine et gibbeuse apparut dans le ciel bleu nuit.

Une silhouette se découpait sous le vent frais et humide de cette soirée étrange. Au loin la cloche du village sonnait les douze coups de minuit.

Elle se dépêcha de parcourir les derniers mètres qui la séparaient de la bicoque à moitié cachée par les arbres.

(Plume-2) CH 1–2

La jeune femme, Sarah, n'aimait pas la pleine lune.

Trop de lumière, elle dormait mal d'un sommeil entrecoupé de cauchemars.

Ce soir-là, elle sentit une atmosphère particulière dans la maison.

Une odeur de cigarette alors qu'elle ne fumait jamais.

Un cendrier était posé sur la table.

Minuit trente, quelqu'un était entré chez elle et l'avait attendue.

Homme ou femme, elle n'en savait rien.

Comme elle ne savait pas si cette personne était cachée, à l'affût de sa présence, Sarah avait peur. Son portable était déchargé.

(Plume-3) CH 1–3

Depuis son enfance des angoisses la hantaient et particulièrement cette nuit éclairée de la lumière blafarde d'un astre qu'elle redoutait.

Les yeux fixés sur le cendrier, l'effluve de tabac froid réveilla en elle les contours d'une image précise quand soudainement son portable, batterie épuisée, se mit à vibrer.

La lampe du séjour clignota, puis elle se retrouva dans la pénombre.

Affolée, prostrée, Sarah vit s'afficher sur l'écran un message pour le moins insolite.

Elle sentit sur sa nuque un froid glacial.

(Plume-4) CH 1–4

Son premier réflexe fut la panique, puis de manière plus raisonnable, elle se dit que le compteur devait avoir disjoncté. Elle savait qu'elle devait se lever, saisir une lampe de poche et enclencher le bouton pour que la lumière revienne. Pour cela, il fallait bouger dans le noir, mais ses jambes se dérobaient sous elle.

Sarah prit une grande respiration et rassemblant toute l'énergie guerrière dont elle disposait, s'avança à tâtons vers la manette salvatrice.

(Plume-5) CH 1–5

Elle trébucha, dans le noir environnant, sur un objet au sol, alors qu'elle se dirigeait vers la commode où se trouvait la lampe de poche, elle tâtonna pour toucher du bout des doigts de sa main droite l'objet ou la chose au sol sur lequel elle avait buté. C'était chaud, fibreux : un manteau ? Un vêtement ? Mais pourquoi était-ce chaud ? Elle sentait une viscosité sous-jacente. Elle souleva le tissu, en utilisant sa main gauche cette fois pour rechercher l'origine de cette tiédeur. Elle perçut quelque chose de visqueux, presque solide, avec une odeur qu'elle n'avait pas encore perçue avant, masquée par l'odeur de cigarette.

Elle porta ses doigts près de son nez, elle reconnaissait maintenant cette odeur : du sang !

Elle fit immédiatement un bond en arrière, manquant se cogner la tête à la table basse derrière elle. Elle tremblait de toute part. Mais de qui était-ce le sang ? Elle restait prostrée à un ou deux mètres de la forme sur le sol dont elle ne distinguait guère les contours dans la pénombre environnante.

Encore une fois, Sarah révéla sa force de caractère. Ce n'était pas par hasard que ce nom lui avait été donné. Noire de peau, elle n'était pas sans rappeler la patronne des Gitans… Elle prit sa décision, et contourna comme elle le put cette masse et attrapa enfin la salvatrice lumière électrique de la commode.

Elle appuya sans oser se retourner immédiatement. Elle sentait ce monceau de tissus et de sang derrière elle, mais préféra d'abord regarder dans le miroir posé face à elle sur la commode. Elle pouvait voir la table avec le cendrier froid, mais l'angle ne lui permettait pas d'observer le sol à quelques mètres derrière.

Elle regarda ses pieds et observa que ceux-ci avaient laissé une traînée de tâches sur la moquette, taches rouge sombre, d'un sang déjà ancien, mais pas encore sec. D'où la chaleur qui s'en dégageait…

Ignorant pour le moment ce qu'elle ne voulait pas voir, elle se dirigea vers le tableau électrique pour remettre le courant dans sa maison…

(Plume-6) CH 1–6

Et la lumière fut. Sarah venait de réenclencher le disjoncteur.

Elle n'osait plus vraiment se retourner…

« Allez ! Fais pas ta conne ! Si c'est par terre, tu crains pas grand-chose ! »

Elle tourna la tête. Son corps suivit.

Il n'y avait personne ! Juste tout un tas de vêtements, pantalon, chemise, écharpe, manteau… poisseux ! Et puis toute cette boue ! Plein de boue… Et de sang ! Mélangés…

Elle se pencha, fébrile. Au moment où elle retournait du bout des doigts les tissus emmêlés, un bruit la fit sursauter. Cela venait apparemment d'en haut, elle n'osa plus bouger, complètement paniquée.

Elle s'accordait quelques minutes, d'abord se calmer, puis reprendre son souffle…

N'entendant plus rien, elle préféra penser qu'elle avait rêvé.

« Y'a quelqu'un ? » Il y avait forcément quelqu'un ! Mais aucune réponse ne se fit entendre.

Elle marcha jusqu'à la commode où elle avait posé son téléphone. Elle le mit en charge. Elle attrapa dans son sac sa bombe lacrymogène et se dirigea vers les escaliers.

« Allez ! Courage ma fille ! Faut en avoir le cœur net ! »

Elle ouvrit la porte de l'étage qui grinça puis enclencha l'interrupteur. Il y avait des chaussettes et un slip crasseux sur la première marche, des traces de pieds boueux montaient jusqu'au palier.

(Plume-1) CH 1–7

Du bout de son pied, elle poussa les tissus crasseux, se frayant un passage vers l'étage.

Elle avait le bras tendu vers l'avant, munie de la seule arme en sa possession. Une bombe lacrymogène, en espérant que cela fût suffisant.

Des images de corps ensanglantés, de serial killers sauvages et sanguinaires défilaient dans son esprit. Elle secoua la tête, les balayant mentalement au loin.

« Se concentrer » martelait-elle pour se convaincre.

Précautionneusement, elle s'approcha de la salle de bain, poussa la porte, mais ne vit aucun signe de vie. S'approchant petit à petit de la chambre à coucher, la seule de l'étage, un frisson d'appréhension la parcourut. Forcément l'intrus ou l'intruse était là. Elle se plaqua contre le mur, retint sa respiration.

Un bruit étrange lui parvenait… Une sorte de… Ronflement…

Ronflement ???

Elle poussa franchement la porte, le doigt sur le bouton poussoir de sa bombe. La lumière du couloir éclairait le lit sur lequel était étalé un corps à moitié vêtu.

Elle hoqueta de surprise. « Que faisait-il là ? »

(Plume-2) CH 1–8

Sarah n'en menait pas large.

La lumière du couloir éclairait faiblement la chambre et si elle allumait la lampe de chevet, elle était certaine que l'intrus allait se réveiller. Vu le caleçon, cela ne pouvait être qu'un homme. Elle s'approcha lentement et vit qu'il était de couleur blanche.

Un individu totalement inconnu dont le visage révélait la cruauté qui l'animait.

Un poignard était posé sur son torse nu. Elle devait s'en saisir avant que ce type patibulaire ne s'en prenne à elle.

Ses mains étant glacées par l'effroi, elle prit le mouchoir posé sur le tabouret. Les jambes en coton, la sueur perlant à son front, elle se fit violence et s'empara de l'arme ensanglantée à l'aide d'un tissu en pensant à préserver les empreintes digitales.

Quel individu connaissait sa maison au point de s'y installer, de l'attendre, de fumer et d'en faire une scène de crime ?

Qui était cet homme ? Son téléphone étant rechargé, elle se connecta sur le site des informations en ligne et affolée, s'assit.

Un dangereux individu accusé d'avoir poignardé plusieurs jeunes femmes de la région s'était évadé hier.

« Pas possible », se dit Sarah. Pourquoi chez moi et pourquoi laisser autant d'indices ?

Comptait-il sur elle pour le couvrir ?!

Il devait y avoir obligatoirement un lien entre elle et lui, mais lequel ? Elle l'observait, il semblait si paisible dans son sommeil !

Elle prit son téléphone pour appeler la police, mais en voulant quitter la maison, elle trébucha sur la chaise qui fit un bruit infernal dans le silence.

D'un bond, elle se releva, mais resta figée sur place. L'individu descendait les escaliers en vociférant.

Chapitre 2

Rencontre avec Alassane

(Plume-3) CH 2–1

L'esprit anesthésié par tous ces évènements dramatiques, elle avait complètement occulté le message de l'écran de son portable dont les mots ne signifiaient rien pour elle.

Dans l'urgence, face à ce dément vociférant, à cet individu agressif, Sarah leva la main et pointa un doigt en direction de son faciès déformé par la haine.

C'est à cet instant précis que des visages s'imposèrent. Elle reconnut ses ancêtres.

En un éclair, tout lui revenait, la Vierge Noire d'Orcival en bois de noyer, recouverte de minces feuilles d'argent et vermeil. Sa peau mate lui avait valu tant de moqueries et de quolibets qu'elle avait voulu connaître ses origines en cherchant dans les bribes de sa mémoire, loin de ce présent en Auvergne.

Elle se rappelait d'une bicoque cachée dans les arbres et d'une voix qui lui disait qu'elle avait un destin hors du commun.

Tandis que les marches de l'escalier se teintaient d'une couleur rouge sang, l'horloge du clocher sonnait les 2 heures d'un matin lugubre.

Les murs, le plafond, les lames du parquet et l'individu hirsute s'évanouirent dans une brume rougeâtre.

Dans un bond quantique, elle se retrouvait au Sénégal, dans une tribu primaire.

Son esprit était perdu et palper la réalité la mettait en souffrance.

Un immense vertige la saisit jusqu'à lui soulever l'estomac. Elle mit sa main par réflexe devant ses lèvres juste à temps pour réprimer un haut-le-cœur de dégoût devant la vue de tout ce sang. Cette odeur doucereuse qui imprégnait l'air était vraiment écœurante.

Elle entendit un grand bruit et vit le corps de l'homme, affalé de tout son long au bas de l'escalier. Il luisait de sueur.

Une blessure au niveau de l'arcade sourcilière longue de trois à quatre centimètres ainsi qu'une énorme balafre sur la joue droite saignaient encore abondamment.

Évanoui, il faisait moins peur.

Mais qui était-il ?

Sarah s'était réfugiée dans cette région dépeuplée pour ne plus subir la fureur de la capitale et de ses rythmes soutenus, elle aspirait au calme.

Cette nuit étrange présageait la venue de complications.

Que devait-elle faire avec ce type inerte en bas de son escalier ?

Était-il le dangereux malfaiteur recherché ?

Elle prit la décision d'appeler les pompiers à l'aide, car même présumé meurtrier, elle ne pouvait le laisser crever...

Elle composa sur son téléphone le numéro d'appel d'urgence, puis attendit.

— Allô, dit une voix d'homme, que puis-je faire pour vous aider ?

— Il y a un homme gravement blessé à la tête et inconscient chez moi, mais il respire. Je ne sais pas comment il s'est fait ces blessures. Je ne sais pas qui il est ni pourquoi il se trouve là. Venez vite je vous en supplie, j'ai peur.

— Donnez-nous l'adresse

— Impasse du torrent à Saint-Julien, au 21. Venez vite.

Sarah se sentait soudain l'âme d'une petite fille, fragile et vulnérable.

Elle savait qu'elle devait agir rapidement pour éviter que l'homme ne meure vidé de tout son sang.

Remontant rapidement l'escalier, elle attrapait une serviette en éponge dans l'armoire et redescendait aussi rapidement que possible pour effectuer les gestes de premiers secours.

L'inconnu n'avait pas bougé, toujours évanoui et gisant dans une flaque de sang.

Elle coinça la serviette sur la droite de son visage, puis positionnait les bras et les jambes à leurs places en faisant pivoter le corps sur le côté droit. Le poids de la tête en compression sur la serviette pour ralentir l'hémorragie.

Déjà, le son strident de la sirène de la voiture de secours se faisait entendre au loin.

(Plume-5) CH 2–3

Toute à son attention de maintenir la plaie de la tête sous sa paume en pressant la serviette, elle ne prêtait plus attention à ce tas de vêtements crasseux, boueux et sanguinolents. Pourtant quelque chose bougeait, rampait, vers elle et l'homme.

Ce n'est que lorsque les sirènes, bien qu'encore lointaines, se faisant de plus en plus fortes, qu'elle détacha son regard de la serviette pour observer de plus près le visage de cet homme. La balafre sur sa joue n'était pas nouvelle bien que réouverte. Mais comment s'était-il fait une telle estafilade ? Elle était étrange comme brûlée sur les deux côtés de la plaie, non pour la cicatriser, mais bien comme si cela en était la cause initiale. Là, une sensation de chaleur à nouveau s'en dégageait...

Elle perçut du coin de l'œil un mouvement provenant de son petit salon, un fatras aux multiples entités... qui bougeait, qui s'avançait vers elle ! À moins que ce ne soit vers lui ?

À nouveau, la panique la reprit. Qu'était-ce donc que cela ? Et le temps se mit à ralentir... Les sons de la sirène s'étiraient comme les vagues le long des plages de galets en hiver, de plus en plus lents et sombres...

Elle se revit au milieu d'un rond d'hommes et de femmes, dans cette tribu du Sénégal, qui dansaient et chantaient... Et elle, que faisait-elle ? Elle ne le savait pas... Mais elle distinguait la même forme qui était présente elle aussi, au centre du cercle !

Elle sentait à la fois la peur et une lumière, sombre et brillante, qui l'envahissaient. Elle hésitait et se disait : « Que faire ? Que suis-je donc censée faire ? Qui suis-je dans ce rêve ? »

— UN RÊVE !! NON !

Cette voix sortait, forte et vibrante, de la gorge de l'homme affalé devant elle, et pourtant toujours évanoui...

(Plume-1) CH 2–4

Le cri qui sortait de la gorge de l'homme avait une connotation suppliante.

Sarah cligna des yeux, revenant à la réalité. Les sirènes étaient devant la porte. Des hommes entrèrent, les pompiers et une équipe médicale prirent en main toute l'opération.

Des hommes habillés de noir étaient également présents. Elle nota l'étrangeté et l'incongruité de leur tenue. On aurait dit des agents spéciaux mandatés par le ministère de la Justice. Ils ne montrèrent aucun insigne, dictaient des ordres à droite à gauche, emportèrent le corps et tout cela si rapidement qu'elle pensa avoir rêvé.

Ils s'apprêtaient à partir lorsqu'elle prit par la manche le premier qui passait. L'homme tourna vers elle, un regard gris et froid.

« Où l'emmenez-vous ? » bégaya-t-elle.

— Cela ne vous concerne plus. Nous prenons tout en charge à partir de maintenant. Prenez une boisson chaude et forte et oubliez tout.

— Mais… Vous ne prenez pas ma déposition ? Vous…

Il la coupa

— Inutile. Nous reviendrons si un détail venait à manquer.

Son regard s'abaissa sur la main qui agrippait toujours son vêtement.

Confuse, elle le lâcha. Des portes claquèrent puis ce fut le silence.

Elle se précipita vers la sortie et ouvrit la porte en grand pour voir partir les voitures noires banalisées. La seule image qu'elle retint était la petite plaque sur le côté « PJS ». « PJ » comme « Police Judiciaire » ? Mais que signifiait le « S » ?

Chapitre 3

Sarah était bouleversée par ces derniers événements.

Elle prit un stylo et son cahier à idées pour faire un résumé de la situation.

Cette nuit, elle rentre avec l'impression de quelque chose d'étrange. Elle ne se souvient de rien. Elle découvre le cendrier, le sang et l'homme blessé. Elle sent une autre présence.

Elle voit sur Internet qu'un dangereux malfrat s'est échappé de prison.

Le prisonnier, sans aucun doute, dévale les escaliers et même évanoui, il gémit.

Elle téléphone à la police qui arrive suivie d'une ambulance et de personnes à l'aspect peu rassurant dont la voiture portant les initiales « PJS ».

PJS selon Internet est une entreprise de vêtements conçus pour les situations extrêmes à risque.

Elle n'apprend rien de l'enquête.

Bon, se dit-elle, voilà les éléments concrets de cette histoire. Comment arriver à dénouer tous ces éléments ?

J'ai dû venir habiter dans cette maison pour des raisons dont je ne me rappelle plus. Je suis noire de peau et je me vois au Sénégal entourée de femmes et d'hommes en cercle.

Je suis au milieu d'eux.

Renseignements pris, je suis probablement à la maison des esclaves sur l'île de Gorée.

Je porte le prénom de la Sainte des Gitans qui se fête chaque année aux Saintes-Maries-de-la-Mer.

Je sens que mes origines vont me conduire à un destin peu ordinaire.

Voilà ce que Sarah inscrivit dans son cahier à idées.

L'homme avait un rapport avec elle, elle en était certaine, mais lequel ?

Un parent ? Impossible vu la couleur de peau, à moins qu'elle n'ait été adoptée…

Un ami ? Peu probable, elle s'en serait souvenue.

Elle avait dû être victime d'une machination quelconque qui l'avait obligée à quitter le Sénégal et se cacher dans la forêt inhospitalière. À quoi était-elle mêlée ?

L'odeur de cigarettes avait été très forte peut-être un trafic de drogues ? Simple supposition, pensa-t-elle, mais envisageable.

Elle décida de fouiller la maison de fond en comble, maîtrisa son dégoût en fouillant les poches du misérable à la recherche d'une quelconque preuve et de rechercher par la même occasion la chose rampante.

Elle monta les escaliers, s'approcha du lit et découvrit de fins granulés bancs sur le drap bleu marine.

Elle descendit quatre à quatre chercher un sachet et un couteau et y mit les granulés.

Elle tenait enfin quelque chose de concret !

Elle fit le tour de la chambre sans grand espoir de tomber sur d'autres découvertes.

Elle jeta un regard dans le tiroir de la commode et hurla : un cobra royal s'y était glissé !

Impossible de rester dans la maison avec ce reptile !

Elle décida de se rendre au bureau de police, de déposer le sachet, de les avertir du reptile et d'interroger le truand à l'hôpital.

Mais à l'instant où elle désira quitter la chambre, le Cobra royal se redressa dans une posture d'intimidation en déployant son capuchon. Il montrait ses crocs en sifflant très fort.

Face à cette situation, elle savait qu'il lui était impératif de rester calme. À petits pas imperceptible, elle tenta de s'éloigner de cette maudite commode.

Soudain, sur ses épaules une multitude de doigts l'agrippèrent. De suite, elle reconnut cette chose rampante, dévouée, bienveillante, qui évoluait autour d'elle, tel un cercle protecteur.

Face au danger, bizarrement, elle gardait la maîtrise d'elle-même et tenait fermement dans sa main droite son cahier à idées.

Soudainement transportée et happée hors du temps, elle se retrouva assise sur son zafu, dans le hall de sa bicoque. Là, s'enchaînèrent plusieurs évènements.

Un flash de l'écharpe, dans le tas de vêtements, lui apparut avec, inscrites en lettres brodées, de couleur argentée, PJS, tandis que de petits coups saccadés venaient de la porte d'entrée.

À cette heure tardive d'une nuit éprouvante de pleine lune, Sarah songea aux individus habillés de noir.

Son cahier toujours serré contre elle, les jambes flageolantes, les tempes battant la chamade, elle se leva, tourna le verrou et entrebâilla la lourde porte avec appréhension.

La stupeur et la consternation s'imprimèrent sur son visage, quand dans l'encadrement de la porte, il lui sembla voir devant elle, son double.

— *Bonjour, je me présente, je me nomme Shana, j'arrive de Galam. Je suppose que je suis bien au 21 impasse du Torrent et vous devez être Sarah.*

— *Effectivement, vous êtes à la bonne adresse. Mais que me voulez-vous ? bafouilla-t-elle*

(Plume-4) CH 3–3

Ses paroles étaient pâteuses, comme si elle était ivre. La pièce se mit à tourner tout autour d'elle. Elle ne savait plus si elle était immobile au centre du tourbillon ou si au contraire c'était elle qui tournait. Un malaise, suivi d'un léger évanouissement la ramenèrent dans la réalité de l'instant.

Allongée seule sur le sol glacé de l'entrée, elle reprenait lentement ses esprits.

Le petit cahier toujours au creux de sa main.

Machinalement elle regarda sa montre. À peine trois heures du matin.

Elle se dit qu'elle devait être épuisée par tous ces événements et qu'elle ferait bien d'aller dormir un peu avant l'aube. Mais l'image du serpent dans la commode lui revint en tête.

Impossible de fermer l'œil avec cette présence sous son toit.

Bizarrement, ou par intuition, elle savait quoi faire avec ce reptile.

Elle se leva, posa le cahier à idées sur le guéridon de l'entrée et se dirigea vers la cuisine. Elle fit chauffer de l'eau jusqu'à ébullition.

Elle saisit le collecteur de café, en verre, de la cafetière et y versa l'eau chaude.

Remontant l'escalier d'un pas ferme, avec dans une main la poignée du récipient brûlant et dans l'autre le balai, elle se concentrait sur les instants à venir.

Arrivée devant la porte de la chambre, elle posa au sol le balai et le pot contenant l'eau chaude, entrouvrit un peu plus la porte. Elle se servit de l'espace pour faire glisser délicatement à l'aide du balai, la source d'extrême chaleur dans la pièce.

Tout le monde sait que les serpents sont attirés par les infrarouges dégagés par les fortes températures, ainsi au moins pour les vingt prochaines minutes la position du cobra sera maîtrisée, pensait Sara.

En refermant la porte de la chambre, elle espérait la venue des pompiers pour récupérer la bestiole peu sympathique qui squattait là.

Redescendue au salon, elle saisit son téléphone et actionna la touche Bis.

Une petite heure plus tard, tout était redevenu calme dans la maisonnette.

Des hommes étaient arrivés caparaçonnés de la tête aux pieds avec des vêtements de protection et des bottes, avaient suspendu le cobra au bout d'une perche télescopique, enfermé le reptile dans un conteneur adapté et étaient repartis sans même poser de question sur la présence du serpent ou demander la moindre explication.

Sarah à ce moment précis de la nuit s'en moquait bien. Elle voulait dormir, enfin. Mais avant d'être happée par Morphée, elle voulut se débarrasser des vieilles hardes de l'intrus de cette nuit.

Munie d'un sac poubelle et de ses gants pour faire la vaisselle, elle ramassa rapidement l'ensemble sanguinolent, et fourra le tout sans précautions dans le sac. Une fois ce dernier refermé, elle sortit le déposer dans la poubelle extérieure, les éboueurs devant passer au petit jour.

De retour au salon, ayant fermé sa porte à double tour, Sarah se vautra sur son canapé, trop lasse pour monter se coucher et s'endormit immédiatement.

Profondément endormie, elle se sentit s'élever, au-dessus du canapé, comme un ballon d'enfant flottant dans les airs, entre deux niveaux, l'un lourd en bas, l'autre léger en haut. Elle pouvait même pivoter sur elle-même, ondulant dans l'espace entre son canapé et son plafond. Comme une sirène dans son lagon, elle ondulait dans le vide de ses deux mètres trente, moins la hauteur du canapé.

En se retournant, elle se voyait ! Mais était-ce elle ? Ou était-ce cette autre ? Cette Shana qui lui ressemblait tant ? Elle ne savait pas. Tout ce qu'elle voyait, c'était elle, ou une autre elle, qui dormait profondément, en position du fœtus, dont seule la poitrine se soulevait d'avant en arrière, au rythme de sa respiration.

Elle voulut s'approcher, mais ne le pouvait pas. Quelque chose la retenait en arrière, en hauteur. Elle tenta de voir quoi, mais n'y parvint pas. Elle sentait une tension sur son cou. Elle chercha avec ses mains à vérifier ce qui pouvait la retenir à cet endroit, mais ses membres supérieurs étaient vaporeux, sans consistances.

Elle essaya de se pencher pour regarder dans le miroir au-dessus de la commode, celui-là même où elle avait refusé de regarder l'amas de linges sanguinolents au sol. Elle dut se contorsionner encore un peu plus, se tournant sur le côté, tendant sa tête pour être dans l'axe du miroir. Elle ne crut pas ce qu'elle vit !

Elle ne voyait pas son corps, ses bras même vaporeux, ni même ses jambes, elles aussi translucides. Non, elle ne voyait pas non plus son buste ou sa tête ! Elle voyait distinctement ce qui la retenait : une perche avec au bout cette corde autour de son cou, ou du moins ce qui en faisait office ! Elle était devenue ce serpent, qui lui avait fait si peur. Elle n'était plus Sarah, mais ce reptile aux dimensions extravagantes cette fois. Seuls ses yeux étaient encore distincts confirmant qu'elle était bien cette chose. Elle hurla, mais seul un sifflement sortit de sa gorge…

Elle essaya de se libérer de l'entrave, ce nœud coulant autour de son cou, mais rien n'y faisait. À force de se tourner dans tous les sens, elle se retrouva face à elle-même, en train de dormir. Du moins, le croyait-elle…

Car son corps était étendu cette fois sur le dos, bien droit, les paupières ouvertes libérant un regard châtain profond qui la fixait.

— Le cobra n'est pas ton ennemi, et tu le savais… Il n'était pas là pour te faire du mal, mais pour te protéger. Il est revenu, mais cette fois, en toi, ou avec toi, comme tu veux…

Elle ne comprenait rien. D'autant plus que cette voix, bien qu'elle reconnaisse son timbre, ne sortait pas des lèvres toujours fermées de ce corps allongé sous elle.

— Libère-toi ! Ouvre-toi ! Il est temps !

Chapitre 4

Explications avec Alassane

(Plume-1) CH 4–1

L'ordre et le ton impératif de cette voix la firent sortir de son rêve ou hallucination.

Elle se redressa du canapé, les yeux hagards. Ses yeux firent le tour de la pièce comme étonnée de se retrouver dans ce décor contemporain. Elle passa une main dans ses cheveux et essaya de démêler les nœuds à l'aide de ses doigts.

« Hum, une douche est plus que nécessaire ! »

Elle fila dans la salle de bain à l'étage et se détendit sous l'eau chaude en s'efforçant d'oublier les derniers événements puis enfila des vêtements confortables au vu du programme de la journée. Elle descendit et ramassa son cahier à idées en passant. Elle se souvint qu'il fallait dans l'ordre, contacter la police puis, essayer de dénicher l'homme.

Dans le salon, elle écarta les rideaux et tendit son visage un instant, vers la douce lumière du jour lorsqu'elle entendit le bip d'un message.

« Je dois absolument vous voir, c'est important. J'ai des informations à vous communiquer. Rendez-vous au café de la gare 14 h. »

« Numéro inconnu » était affiché. « Un message bref et expéditif », se dit-elle, intriguée malgré elle.

Elle jeta un coup d'œil à l'horloge, il n'était que 10 h, elle avait encore le temps de contacter la police.

Sous le coup d'une impulsion, elle changea l'ordre et décida d'appeler l'hôpital, le seul de la région. Elle composa le numéro en se dirigeant vers la cuisine, elle avait besoin d'une boisson chaude. Tandis que le café coulait, le téléphone à l'oreille, elle attendait.

« Bonjour, j'aimerais savoir si vous avez accueilli un blessé hier soir ? »

« Quoi ? La personne est déjà sortie ? Vous ne savez pas où elle est allée ? »

« Comment ? Elle s'est sauvée ? »

Elle raccrocha, dépitée. La belle affaire, elle ne pourrait pas aller le rencontrer comme prévu. Elle prit la tasse et s'assit sur le canapé, essayant de rassembler ses idées quand une sonnerie retentit à la porte.

Devant elle un homme en noir, yeux glacés, regard impénétrable. Elle reconnut le même visage aimable.

— *Bonjour, madame, nous aimerions savoir si l'individu de la veille est passé vous voir ?*

— *Non, je viens de me lever et personne n'est venu, à part vous ! D'ailleurs, vous ne vous êtes pas présenté, qui êtes-vous donc ? Faites-vous partie de la police ?*

Elle s'arrêta net dans son élan face à la froideur qu'il dégageait.

— *Je vous remercie, madame, n'hésitez pas à nous contacter si cet individu venait à vous joindre.*

— *Et comment le pourrais-je ? Je n'ai aucun numéro !*

À contrecœur, il lui tendit une carte.

— *Merci.*

L'homme parti sans se retourner et de contrariété, elle claqua la porte derrière lui.

« Quel détestable personnage ! »

Curieuse, elle jeta un œil sur la carte. Sur fond doré s'étalaient les lettres PJS et un numéro de téléphone.
En tout petits caractères, « Service spécial » était annoté en bas à droite.

« Hum… Qu'est-ce que cela peut-il être ? » s'interrogea-t-elle.

(Plume-2) CH 4–2 (Dialogue avec Alassane)

Afin de ne pas oublier le rendez-vous au café de la gare, pas très loin de chez elle, elle mit l'alarme de son téléphone sur 13 h 30.
Elle avait tant de choses à faire, tant d'éléments à assembler.
Dans son rêve, corde au cou, elle se revoyait en cobra royal noir, le plus beau, le plus brillant, qui fixait son double aux yeux ouverts.

Pourquoi éliminer son double, quel intérêt ?
Pour qu'elle soit la seule ambassadrice d'un mouvement au Sénégal ?
Lequel ?
Les croyances ancestrales comme le conte « Lamanale » basé sur la terre, la famille et le sacré…
Était-elle vouée à protéger sa famille ?

Elle se revoyait au centre du cercle, entourée d'hommes et de femmes dansant avec allégresse.

L'image se fixa en elle, il y avait un musée des femmes sur l'île de Gorée leur rendant hommage pour leurs bons sens et leurs fertilités assurant les descendances futures.

La Maison d'Esclaves qu'elle avait visitée.

La Vierge Noire qu'elle avait vénérée.

Les souvenirs lui revenaient peu à peu.

Le baobab, arbre vénéré, était la maison des Esprits. Il suffisait que l'on se place sous son feuillage ou dans son tronc pour que l'on soit protégé du mal.

Le baobab servait entre autres pour la fabrication de fines ficelles. Celle qui la maintenait au plafond ?

Sarah s'y était blottie durant de longues heures. Elle y avait trouvé de la nourriture et des boissons. À quels risques voulait-elle échapper ?

Elle entendit frapper à la porte. Encore !

Elle ouvrit très lentement et se retrouva face à l'individu. Elle voulut refermer la porte, mais l'assassin en liberté la bloqua de son pied.

— Sarah, il faut que tu m'aides. Regarde, je n'ai plus aucune arme et je n'ai plus de force pour m'attaquer à toi. Tu es mon seul salut.

Je suis ton père, Sarah, ainsi que celui de Shana, ta sœur jumelle qui est venue pour te ramener au Sénégal.

— Vous êtes mon père, mais pourquoi cette différence de couleur de peau ?!

— La génétique, Sarah. Je t'en prie, Sarah. Je vais te raconter notre histoire à tous les quatre.

— Les quatre ?

— Ta mère, Sarah, annonciatrice de l'histoire en question.

— *Allons dans la salle de bain par sécurité.*

— *J'habitais au Sénégal, heureux. J'allais de ferme en ferme pour aider les agriculteurs. Il y a eu une demande très forte de la part des musulmans pour participer au moins une fois dans leur vie au pèlerinage à la Mecque. Cela s'est passé il y a vingt-deux ans. Ils se sont regroupés et j'y suis allé également. J'y ai rencontré ta mère. Nous sommes tombés follement amoureux. Nous avions vingt-cinq ans. Un matin, elle n'était plus à mes côtés sur le grand lit blanc. Seulement un mot : « Je t'aime, mais je retourne auprès de ma famille qui n'acceptera jamais un mariage mixte. » Le dévouement à la famille. Je suis devenu fou. Une force inconnue me poussait à tuer des jeunes femmes pour me défaire de son image. Je suis encore resté neuf mois là-bas pour tenter de la retrouver, en vain. J'ai appris par un ami du village qu'elle avait accouché de jumelles. Dès son retour, elle avait accepté de se marier à l'homme qui lui était destiné. Je savais, par une voix, que tu t'étais enfuie à ton adolescence et venue en France. Je t'ai retrouvée, la voix me guidait. Tous les soirs, je te guettais. Tu es son double, son triple si on considère ta jumelle. Ça m'a rendu dingue. Le sortilège, Sarah. « Continue à tuer, me disait la voix et va ensuite chez Sarah. » Toutes les forces spéciales sont à ma recherche.*

— *La PJS ?*

— *Je ne connais pas les initiales. Tout ce que je sais, c'est que tu dois retourner au Sénégal.*

— *Pourquoi ? Et ta balafre ?*

— *Je n'en ai aucune idée. J'ai rêvé de toi en déesse. Il y a une silhouette qui tourne autour de toi et le cobra est ton protecteur. Tu dois le retrouver ! Tu as vingt et un ans Sarah ! Il est temps !*

— *Je ne comprends pas, où est le cobra ?*

— *Là-bas...*

— *Et toi, tu vas continuer à tuer ?*

— Non, le maléfice est terminé vu que je t'ai retrouvée. Si tu veux bien, je vais rester ici quelque temps.

L'alarme se mit à sonner.

— Mon rendez-vous à quatorze heures ! Reste caché ici. Si je ne reviens pas, assure-toi que tu es en sécurité.
— Prends ça, dit-il en sortant une valise venue de nulle part.

(Plume-3) CH 4–3

— A-t-il plongé la main dans une dimension hors de ma vue ?

À peine avait-elle eu le temps de se poser cette question qu'elle se retrouva en possession d'une petite valise en cuir noir avec une étoile verte à cinq branches brodées sur une poignée couleur or.

— Tu dois aller à ton rendez-vous avec cette valise ! me signifia-t-il avec fermeté.
— Rentre vite à l'abri des regards et prends du repos. Je file à ce rendez-vous. Mais dans le cas où je ne suis pas de retour dans 2 heures, appelle ce numéro. Tu t'annonces comme le père de Sarah.

Elle lui tendit une petite carte, et c'est avec une certaine appréhension qu'il la saisit rapidement.

— Sache, ma chère Sarah que ma plus grande joie est de t'avoir enfin retrouvée et de ce fait, la première malédiction est terminée.

Désorientée par tous ces évènements, face au rayon d'un soleil blanc, je lui posai la question qui me taraudait depuis son arrivée.

— Mais dis-moi, tu t'es présenté comme mon père, mais en revanche tu ne t'es pas prénommé.

— Oui, tout à fait, tu as raison, et je m'en excuse. Je m'appelle Alassane. En numérologie, je suis un 9. Vos deux prénoms, toi Sarah, représente le 2 et ta sœur Shana, le 7. Je dois vous réunir afin que la damnation soit anéantie et effacée de nos vies en totalité.

Dès qu'il eut prononcé le prénom Alassane, elle n'entendait déjà plus le reste de sa phrase. Le titre « Les sœurs jumelles » d'un roman écrit par son auteur préféré, il y a une quinzaine d'années et lu l'an passé, surgissait de sa mémoire.

La lecture de ce livre l'avait intriguée et mise mal à l'aise. Et ce n'est qu'à cet instant précis qu'elle comprenait pourquoi.

Dans ses cours, elle avait étudié la théorie de la sérialité découverte par le biologiste autrichien Kammerer. Elle se souvenait de « l'exemple du roman de Morgan Roberton, paru en 1898, et qui racontait l'histoire d'un bateau imaginaire. Il s'agissait du plus grand bateau jamais construit, supposé insubmersible. Il était nommé Le Titan et transportait des gens riches et célèbres. Un certain mois d'avril, rencontrant un iceberg dans l'Atlantique, il coulait, entraînant la mort de 1500 passagers.

Or dans la nuit du 14 au 15 avril 1912, le Titanic, un magnifique paquebot, transportant de riches passagers, rencontre un iceberg et coule. Il fait 1500 victimes... en raison du manque de canots de sauvetage. Ce n'est plus un roman, il s'agit du célèbre Titanic. »[1]

Elle avait étudié de nombreux autres exemples, et ce jusqu'à nos jours.

L'histoire du livre « Les sœurs jumelles » commence de la même façon que son soi-disant père venait de lui raconter. Le

---

[1] Source du Dr Janine Fontaine « Médecin des 3 corps, 20 ans après »

plus troublant est que le personnage principal se nommait également Alassane.

Ayant occulté la suite, dès son retour de ce mystérieux rendez-vous, il lui fallait remettre la main sur cet ouvrage.

Alassane rentra et s'effondra dans le canapé. À 13 h 50, avec la petite valise sous le bras et le cahier à idées dans la poche de son caban, elle pressait le pas et s'engouffrait dans son véhicule, puis direction au café de la gare.

Chapitre 5

Le rendez-vous

(Plume-4) CH 5–1

Elle avançait machinalement vers le lieu du rendez-vous, car son esprit était accaparé par des tas de questions sans réponse. Les sujets d'étonnement ne manquaient pas. Tout d'abord que penser des révélations faites par ce père jusque-là inconnu, qui débarque dans sa vie, avec des histoires abracadabrantes et un passé de criminel ?

« Est-ce que je peux lui faire confiance à ce type ? Il se dit être mon père, mais rien ne le prouve. Il me parle d'une sœur jumelle que je ne connais pas, alors que j'ai fui mon village sénégalais adolescente. Mais où vivait-elle, cette sœur, lorsque j'étais là-bas ? Je ne me souviens pas d'elle, ni même de cette mère prénommée Salma ?

Oh ! et puis ces histoires de serpent aux pouvoirs protecteurs contre les magies noires, autres maléfices ou sortilèges, me paraissent tellement d'un autre âge ! »

Elle souriait intérieurement, se disant qu'il s'agissait d'une blague ou d'une erreur.

Mais un sentiment venu du tréfonds de son âme lui hurlait que c'était vrai.

Elle devait comprendre pourquoi ses souvenirs d'enfance étaient en liaison avec cette histoire ?

Sans s'en rendre compte, ses derniers pas l'avaient menée à la porte du café de la gare.

Elle entrait lentement pour avoir le temps de balayer du regard l'ensemble de la pièce.

Il n'y avait pas beaucoup de monde en ce début d'après-midi. La serveuse s'affairait à débarrasser les dernières tables libérées par les derniers clients du coup de feu du midi. Il y avait un ou deux piliers de bar agrippés au comptoir, histoire de ne pas tomber de leur tabouret, et un type tout de noir vêtu qui la fixait en remuant machinalement un café.

Son instinct lui dit que c'était lui son rendez-vous mystère.

Elle avançait jusqu'à lui d'un pas assuré pour masquer la trouille qui sciait ses jambes. À son invitation de s'asseoir en face de lui, elle s'affala bruyamment sur la chaise. Son regard fixe la déstabilisait, il regardait droit devant lui à la manière d'un aveugle.

— Je devais vous rencontrer pour vous poser quelques questions et vous parler d'une chose qui risque de vous surprendre, lui dit-il d'emblée. Mais avant, je dois vous dire que j'appartiens à la PJS, qu'officiellement je ne suis jamais venu vous rencontrer et que tout ce que je vais vous dire doit rester secret. Tout d'abord, que savez-vous du Sénégal et de ses coutumes ?

Elle lui raconta qu'elle avait vécu au milieu d'un village de femmes, qui travaillaient dur pour subvenir aux besoins de la communauté, qu'elle avait eu la chance d'apprendre à lire et à écrire. Que sa vie fût rythmée par les travaux des champs et qu'elle avait fui le pays pour ne pas subir les us et coutumes des unions forcées. Elle lui dit aussi qu'elle avait eu la chance d'être accueillie en tant que mineure par la France, après avoir été sauvée du naufrage d'un canot de fortune, affrété par des passeurs sans scrupule qui n'avaient pas hésité à abuser d'elle pour se payer le coût du passage vers l'Europe.

— De cet épisode douloureux, je ne veux plus me souvenir, avouait Sarah en serrant les poings.

L'homme au visage figé resta silencieux un instant. Puis il lui posa une seconde question.

— Que savez-vous de l'homme blessé que vous avez fait secourir la nuit dernière ?

— Rien, s'empressa-t-elle de répondre.

— Et vous, que pouvez-vous me dire sur Lui ? s'entendait-elle lui demander aussitôt.
— Ce que je suis autorisé à savoir, sans plus, lui répondit-il, les yeux dans les yeux.

Son regard vert-émeraude la traversait comme une flèche. Les traits de son visage lui faisaient penser à ceux du serpent.

Un frisson glacé parcourut son dos, mais déjà l'homme reformulait sa question.

— Connaissez-vous le passé de cet homme ? Dites-moi ce que vous en savez.

(Plume-5) CH 5–2

Elle ne pouvait pas se permettre de dévoiler ce que cet homme lui avait dit, encore moins qu'il était soi-disant son père. Non, ce serait une forme de trahison. Ceci dit, elle se rendait compte qu'elle avait accordé sa confiance bien rapidement à un homme dangereux, qui restait chez elle, alors que la veille il était entré par effraction et avait laissé des vêtements tachés de sang.

Elle ne pouvait que croire en sa dangerosité, même si elle n'en avait aucune preuve. Ces mots avaient sonné vrai, à propos de ses crimes. Mais si c'était le cas, elle était la fille d'un assassin ? Que pouvait-elle répondre à cet homme aux yeux d'un vert perçant, insistant. Elle sentait même comme une pression mentale qui s'exerçait sur elle. Sa façon de se tenir, sa façon de la regarder, le ton même de sa voix : tout prêtait à la rendre un tantinet mal à l'aise, la déstabilisant pour qu'elle dise plus qu'elle ne le souhaitait.

Mais son esprit était comme en mode de combat, elle se dressait intérieurement, dansant devant cet homme, la tête bien haute, et ne succombant pas à la musique de la flûte enchanteresse du charmeur de serpent. Elle se sentait pleinement cobra, mais un cobra libre et non soumis à cette mélodie de manipulation mentale.

— Je ne sais rien de lui. Je vous ai appelé lorsque je l'ai découvert en bas de mon escalier, blessé, répondis-je finalement.
— Et vous avez cherché à savoir où il était, comment il allait ? Sans savoir quoi que ce soit de lui ?
— Oui, je ne sais pas pourquoi. Sans doute une part d'humanité naturelle, d'empathie… Peut-être justement parce que j'ai souffert jeune, je me préoccupe de ceux qui sont en difficulté quand ils se présentent à moi.
— Et s'est-il représenté devant vous depuis ? Car vous savez qu'il s'est échappé…
— Oui, je l'ai appris, en effet. Mais non, je ne l'ai pas revu.

L'homme se penchait un peu plus sur la table, comme s'il voulait happer son cerveau avec son regard émeraude. Mais elle, elle continuait de danser dans sa tête, de se lover autour de son être apeuré au fond d'elle, pour le protéger, et ne pas montrer sa faiblesse. Comme un animal ne montre pas sa faiblesse, comme le cobra gonfle son cou pour paraître plus gros, et sifflant très fort pour impressionner, elle se redressa sur sa chaise et fixa ses yeux.

— Mais vous ne m'avez rien dit ! J'ai compris que vous ne me direz rien de plus. Mais pourquoi ne puis-je donc savoir ? Je vous écoute.

— Ce n'est pas comme ça que ça marche. C'est moi qui pose les questions.

— Ce n'est pas comme ça que cela va fonctionner. Si vous ne me dites rien, alors effectivement, nous ne nous serons jamais rencontrés et je m'en irai d'ici en vous oubliant totalement. Car vous me faites perdre mon temps ! J'ai une vie, moi, monsieur ! Et toute votre histoire, je n'y comprends rien. Je ne comprends même pas le sens de vos questions ? Pourquoi me demander si je connais quelque chose du Sénégal et de ses coutumes ? Quel rapport avec moi, moi qui suis Française et non plus Sénégalaise, et ce depuis plus de 10 ans ?

L'homme était surpris de sa véhémence et sa détermination. Il esquiva un mouvement, comme si le cobra avait essayé de l'attaquer et de le mordre, en se repliant sur sa chaise en arrière et sur le côté.

— Comme je vous ai déjà dit, nous ne nous sommes de toute façon jamais rencontrés. Alors votre intimidation ne fonctionnera pas sur moi. Je vous répète donc ma question. Connaissez-…

— Puisque vous ne voulez rien dire, au revoir, Monsieur ! l'interrompit-elle, se levant en même temps et se dirigeant vers la porte.

— Attendez ! Revenez !

Il était gêné de parler fort, alors que jusqu'ici, il parlait doucement, d'une voix se voulant envoûtante. Quelques piliers de bar s'étaient même retournés pour observer la scène. Il reprit, plus bas.

— Je vous en prie. Ne nous donnons pas en spectacle…

Elle se rassit devant lui, mais avec une attitude de défiance cette fois, et un silence gravé sur son visage.

— Très bien… Votre origine a une importance capitale dans ce qui vous arrive aujourd'hui… Cet homme… Eh bien, cet homme… serait votre père. Oui, je sais c'est sans doute un choc pour vous.

En effet, elle jouait la fille étonnée, l'œil arrondi, ne comprenant pas ce qu'il lui disait. C'était bien la première fois que ses cours de théâtre du lycée lui servaient à quelque chose !

— Et ce n'est pas tout, reprit-il, cet homme est un assassin dans son pays. Mais à chaque fois que nous l'attrapons, il arrive sans que l'on sache comment à se volatiliser.

— Mon père ? Un assassin ? Et vous voudriez que je croie ça ?!

— Je ne vous demande pas de me croire. Je vous dis ce que vous devez savoir, pour votre propre sécurité. Ne m'interrompez plus ! Il y a aussi une deuxième personne… enfin deux autres même… Votre mère, mais je n'en parlerai pas aujourd'hui…

— Et pourquoi donc ?

— J'ai dit de ne pas m'interrompre, sinon, cette fois, c'est moi qui me lève et m'en vais !

Elle hocha de la tête pour signifier qu'elle avait compris.

— Bon, il y a votre… votre sœur ! Mais vous devez vous méfier tant de votre père que de votre sœur ! Ils sont dangereux tous les deux. Nous pensons même que les évasions de votre père sont le résultat de ses actions à elle. Mais nous n'arrivons pas à le prouver. Et c'est là qu'interviennent les traditions, ou devrais-je dire les croyances de votre peuple au Sénégal… D'où ma question, sur votre connaissance des rituels… Si vous connaissiez cet homme…

— *Je ne le connais pas, à part ce que j'en ai vu brièvement hier soir. Quant aux coutumes de mon pays natal, je n'en sais pas grand-chose, hormis les mariages forcés, comme je vous l'ai dit.*

— *Bien, bien... Mais vous êtes en danger ! Ils pourraient tous les deux tenter de rentrer en contact avec vous. Et nous ne pourrions pas assurer votre sécurité !*

— *Nous ?*

— *Vous avez très bien compris !*

— *La PJS...*

— *Donc, si jamais il vient à vous, qu'il nous appelle. Un de nos collègues vous a donné sa carte. Appelez-nous dès que possible si jamais vous le voyez lui ou votre sœur ?*

— *Et comment reconnaîtrai-je ma sœur ? Vous avez une photo ?*

— *Mieux que cela... Elle vous ressemble trait pour trait. Elle est votre jumelle. Vous n'aurez donc aucun mal à la reconnaître...*

— *Ma... jumelle ?*

— *Bien, j'en ai assez dit. Vous restez ici encore au moins vingt minutes après mon départ. Il ne faut pas que l'on nous voie ensemble.*

Sur ce, il se leva et s'en alla sans rien dire de plus. Mais elle commençait à trembler. La tension nerveuse s'effondrant, n'étant plus en mode de défense, elle sentait ses jambes incapables de la lever. Même si elle le voulait, il lui faudrait au moins vingt minutes pour sortir d'ici. Elle demanda un café pour se redonner des forces.

Pendant qu'elle tournait sa cuillère dans la tasse, elle se rendit compte tout à coup que cela faisait plus d'une heure qu'elle était partie. Or, elle avait donné comme consigne à son père d'appeler la PJS... Ce n'était pas du tout une bonne idée ! Ils le recherchaient, et elle avait plus tendance à croire, elle ne savait pourquoi, la franchise de son « père » que celle de cet homme aux yeux cinglants. Elle ne pouvait pas non plus appeler chez elle, elle devait forcément être sur écoute. Et s'appeler alors qu'elle vivait seule, ce serait immédiatement leur faire comprendre qu'elle avait menti. Il fallait qu'elle rentre vite, mais comment ? Ses jambes ne s'étaient pas encore rétablies !!

(Plume-1) CH 5–3

Elle restait encore vingt secondes immobile puis mue par une force et une vivacité qui l'étonnèrent elle-même, elle bondit de la chaise et parcourut les derniers mètres jusqu'à la voiture.

C'est dans un crissement de pneus sur le bitume qu'elle parvint chez elle, hors d'haleine et en nage. Elle se dépêchait de rentrer et cherchait l'homme censé être son père dans toute la maisonnée.

« Papa ! Papa ! Où es-tu ? »
Le mot écorchait ses lèvres ayant très peu l'habitude de le prononcer.
Où donc était-il ?
Elle montait à l'étage, inquiète malgré elle et le trouva couché en travers de son lit, en sueur.
Elle se précipita près de lui et le secoua.

« Papa ! Réveille-toi ? » Il marmonnait des paroles indistinctes dans un semi-coma.
« Shana, Shana, non, non ! » gémissait-il.
Elle le secoua plus fort, il semblait être en lutte avec une puissance, il levait ses bras en geste de protection.
« Papa ! Réveille-toi ! C'est moi, Sarah ! »
Soudain, il s'assit sur le lit et ouvrit les yeux. Elle sursauta, elle ne voyait que le blanc de ses yeux. Un visage sembla se

superposer sur le sien et elle crut voir – mais c'était impossible – le visage de son autre moi-même.

« Sarah ! Sarah, il faut que tu viennes, nous sommes en danger » lui dit Shana.

Aussi soudainement qu'il était apparu, le visage ondula à nouveau et elle retrouvait les traits de son père. Il eut comme une convulsion le parcourant des pieds à la tête et s'affala de tout son long sur le matelas.

Son sang s'était glacé dans ses veines. Elle ne comprenait pas toutes ces choses étranges qui survenaient depuis peu.

« Papa… » Sa voix semblait toute fluette à ses oreilles.

Un gémissement sortit de la bouche de son père puis à nouveau ses yeux s'ouvrirent. Qu'allait-il encore se passer ?

Il tourna la tête vers elle et elle fut rassurée de retrouver ce visage blafard, mais bien vivant de son père.

« Papa ! » et elle le fit asseoir. « Je crois qu'il faut que tu prennes des forces. Je vais te préparer à manger. Il faut que nous discutions ensuite. »

(Plume-2) CH 5–4 (Départ pour le Sénégal)

— Dépêche-toi ! Nous ne pouvons plus rester ici très longtemps. Toutes les forces de la PJS sont à tes trousses et reviendront ici, c'est certain. Prends une douche pendant que je prépare le repas. Voici des vêtements propres.

— Des vêtements d'homme ?

— Oui, je ne sais pas d'où ils sortent.

Elle leur avait préparé une omelette avec de la salade et des pommes de terre.

Finissant de dévorer, ils se regardèrent perplexes. Ils avaient retrouvé un peu de vigueur et de discernement.

— Où allons-nous nous réfugier ?

— *Il faut que nous retournions au Sénégal trouver l'énigme. D'après l'agent de la PJS, tu es une menace pour moi ainsi que Shana. Shana qui me demande de l'aide !*

Il lui dit que sa mère est également impliquée.

« Résumons : elle est de religion musulmane, elle te fuit par égard à sa famille... »

— *Son père est avocat et sa femme, membre du Parlement... Tes grands-parents, Sarah !*
— *... et se marie avec celui qui lui est destiné ! Des gens influents qui appliquent les idées ancestrales. Tout cela est étrange !*
— *Il y a des légendes au Sénégal qui relatent les faits qu'un génie, pour assurer la protection d'un dignitaire, demandait en contrepartie la dépouille de la plus jolie fille du village. Qu'il y a un tam-tam prédisant les événements futurs, un serpent protecteur, un enfant à l'étoile au front va retrouver par le plus grand des hasards son père...*
— *J'ai une étoile à la cuisse gauche !!!*

Sarah la montre à son père éberlué.

— *Vous êtes très belles toi et Shana... il y a le cobra qui te protège, le tam-tam dont j'ai appris à jouer quand je travaillais dans les fermes. Au Sénégal, la polygamie est autorisée. Ta mère ne peut être mariée qu'à un dignitaire vu sa famille. Supposons qu'elle soit la deuxième épouse et soit jalousée pour sa beauté et sa bonté naturelle par la première épouse... que cette dernière ait décidé de vous éliminer toi et Shana pour briser ta mère. Elle ne saurait plus assumer ses devoirs de deuxième épouse... logique ! Moi qui par une force inconnue, une voix, deviens un tueur en série alors que jusque-là, j'étais l'ouvrier agricole le plus apprécié... Toi dans cette maison, toute mémoire effacée.*

Il faut que nous allions chez tes grands-parents maternels leur demander de l'aide ! Ils doivent savoir où est leur fille.

— S'ils nous dénoncent ?

— C'est un risque à prendre. En voiture, il faut huit jours.

— J'ai un peu d'argent venu de nulle part lui aussi. Nous devons trouver un fraudeur pour un passeport, une fausse plaque, les papiers… Allons en ville séparément ! Si l'un de nous deux est pris, l'autre continue.

— Sarah, viens dans mes bras.

Ils restèrent enlacés un long moment, un peu de tendresse avant de se lancer dans une aventure folle.

(Plume-3) CH 5–5

Pour Sarah, plus de doute qu'Alassane était son père, un wasa comme on les surnommait au pays de l'étoile à cinq branches. Dans cette accolade intense, elle ressentit au tréfonds d'elle-même une vague d'amour sincère.

Avant de quitter ces lieux sans mémoire, elle devait à tout prix retrouver le livre de poche « Les sœurs jumelles », mais son père ne lui en donna pas le temps.

— Prends le juste nécessaire et n'oublie pas la petite valise noire. Je te laisse partir la première. Dans 20 minutes, ce sera à mon tour. Dans la mallette tu as un plan et une adresse, un endroit sûr où nous nous retrouverons.

— À quelle heure ?

— Au coucher du soleil lorsque les derniers rayons lanceront des flammes orangées et que l'étoile de vénus apparaîtra dans le ciel, répondit-il en l'aidant à rassembler quelques affaires et à organiser promptement son sac à dos.

À plus de 3900 kilomètres de l'Auvergne, au Sénégal, dans une contrée hostile, Shana, en sueur, venait de surgir d'un cauchemar qui la réveilla. L'étoile du berger venait de se ternir. Elle appelait au secours, perdue dans des brumes sulfureuses. Deux silhouettes vaporeuses prenaient la fuite. Sur le front, des démangeaisons insupportables la brûlaient.

La veille sur le chemin de brousse, vêtue de son boubou traditionnel, en revenant du dispensaire, de mauvais pressentiments la tourmentaient. Son intuition ne l'avait jamais trompée.

Shana se savait en péril, car, ici, en Afrique, la sorcellerie est omniprésente.

Assistant régulièrement à des rituels, elle devait ingurgiter des boulettes d'iboga, plante hallucinogène. Puis les chants, les tambours, les hommes aux visages peints et les femmes en transe tournant en cercle, avec au centre, Shana et plusieurs autres jeunes filles.

Elles en ressortaient vidées de leur énergie vitale, anéanties.

Mais sous l'effet de l'iboga, la Kundalini s'était réveillée et montait le long de sa colonne vertébrale.

À la dernière séance, son troisième œil leva le voile de l'oubli. Un avenir incertain s'était profilé sur l'écran de son esprit.

Une jeune fille noire, lui ressemblant en tous points était dans les bras d'un homme blanc, se dressèrent là...

Elle les ressentit comme des membres de sa famille !

Ils la savaient en danger et se préparaient à venir à sa rencontre.

Il y a 3 ans, lorsqu'elle avait atteint 18 ans, sa mère s'était enfin décidée à lui confier des réponses sous l'avalanche continuelle de questions, mais avec parcimonie et prudence.

— Shana, tu as une sœur jumelle, Sarah. Ton géniteur est de race blanche. Ton grand-père a contacté un jeteur de sort. Il n'a jamais admis et supporté l'idée que cet homme blanc m'ait aimée et donné des enfants. Il est

devenu « fanafoudé et se trouve en France. Toi et ta sœur, vous avez également des sortilèges dans vos âmes. Il est recherché pour meurtres. J'ai fait appel à la section PJS afin de le repérer avant la police criminelle française. Et depuis ce jour, toutes les nuits de pleine lune, le même cauchemar se répète inlassablement.

(Plume-4) CH. 5.6

Shana se sentait dans la peau d'un cobra royal enfermé dans un vivarium sous une lumière aveuglante. Son corps glacé glissait lentement sur le décor lorsqu'un nœud coulant au bout d'une perche, tenu par des mains gantées de blanc, saisit son cou et éleva sa tête jusqu'à rencontrer un bécher recouvert d'une membrane. Des mains puissantes l'obligeaient à mordre si fort le rebord du récipient que toute sa vie s'échappait par ses dents.

La douleur était telle que Shana − le cobra, perdait connaissance.

Lorsqu'elle reprit ses esprits, elle gisait sous l'apparence d'une femme, à demi nue, allongée sur un autel de sacrifices, une proie sous la folie d'un sorcier sanguinaire.

Aux rythmes des tam-tams, dans un trémoussement rituel, celui-ci brandissait une lame au-dessus de sa gorge et récitait des incantations sacrificielles. Shana était paralysée par une puissante drogue voyait et entendait avec une acuité extrêmement développée, mais était incapable de fuir.

Pourtant, dès qu'elle aperçut la descente de la lame acérée, dans un ultime effort de volonté, Shana réussit à s'éveiller, hébétée, en sueur et épuisée.

Alors une énorme crise de sanglots jaillit de son âme et la peur de s'endormir à nouveau la tint éveillée jusqu'au petit jour.

Shana savait qu'elle n'échapperait pas à ce cauchemar récurrent, mais se demandait pourquoi cela ne lui arrivait que les nuits de pleine lune.

Maintenant que les premières lueurs de l'aube argentée illuminaient l'horizon blafard, Shana se sentait moins effrayée par sa nuit de terreur, une nouvelle journée commençait.

À des milliers de kilomètres du Sénégal, sur les conseils de son père, Sarah roulait sur l'autoroute, en direction de Paris, pour se rendre dans un aéroport.

Lorsqu'elle arriverait à Roissy, elle devrait acheter les billets pour le Sénégal avec les espèces que lui avait données son père.

Ce dernier lui avait en même temps, confié une valise noire qui intriguait sa curiosité.

Alassane disait qu'elle contenait une adresse où se rendre, mais Sarah était méfiante et voulait en vérifier le contenu, puisque c'était elle qui devait passer la douane.

Bien décidée à savoir ce que ce bagage recelait, elle fit une pose sur une aire de repos, sortit de la voiture, déverrouilla le coffre et posa la valise sur la plage arrière du véhicule pour être plus à l'aise.

D'une main experte, Sarah souleva les deux loquets et fit basculer en arrière le dessus de la valise.

À première vue, la valise contenait une carte d'une province du Sénégal, un carnet d'adresses, un stylo, un jean et une chemise qui pouvaient aussi bien aller à une femme qu'à un homme, une paire de tongs, un livre sur les poisons, une sarbacane et des flèches.

Sarah trouvait que le contenu ne justifiait pas la taille de la valise. Elle passa alors son index sur le contour jusqu'à sentir sous le bout de son doigt une légère différence de niveau contre la paroi.

Sarah était certaine qu'il existait un double fond dans cette valise.

Curieuse, elle œuvra tant et si bien qu'elle réussit à retirer le plateau médian et resta bouche bée devant ce qu'elle voyait…

Une arme de gros calibre et ses munitions bien rangées dans des logements dédiés et adaptés.

La stupéfaction passée, Sarah sentit la colère l'envahir.

Ce type décidément, soufflait le chaud et le froid.

Comment aurait-elle pu passer les contrôles douaniers avec un tel équipement ?

Soit, son père voulait l'empêcher d'atteindre sa destination, soit, c'était un idiot.

Mais pourquoi diable lui confier l'arme d'un tueur ? Si ce n'était pour lui nuire.

Pensait-il vraiment que cette valise avait des chances de passer les portiques aux rayons X de la douane ? Son père n'était tout de même pas idiot à ce point.

Cette manœuvre pour tenter de la retarder ou même de l'empêcher de prendre l'avion avait certainement une explication plausible et acceptable.

En attendant d'avoir l'occasion d'éclaircir ce point sombre, en tête à tête avec l'homme qui disait être son père, elle fulminait.

Sarah grignotait son ongle tout en réfléchissant à ce qu'elle ferait avec cette valise arrivée à l'aéroport.

Elle conclut que, si elle voulait monter dans l'avion, cette arme devait rester en consigne.

Elle range rapidement le tout, à sa place, dans le coffre, remonta au volant de sa voiture et reprit sa route.

Pensive, elle roulait comme un robot, sans la moindre concentration.

(Plume-1) CH. 5.7 (Aéroport)

Sarah avait un sac où elle avait fourré en vrac des vêtements et la valise noire près d'elle. Elle ne savait toujours pas comment elle allait réussir à déjouer la vigilance des vigiles.

La démarche hésitante, elle alla au comptoir pour prendre ses billets quand on la bouscula. Agacée, elle tourna la tête et reconnut l'homme du rendez-vous. Que faisait-il là ?

« Passez-moi la valise. Vous ne passerez jamais le contrôle ».

« Hein ? » fit-elle.

Mais déjà l'homme s'emparait de la valise et sans un mot partit devant elle en lui faisant le signe qu'il la rejoindrait plus tard.

Comme une automate, elle prit le billet et alla dans la file d'embarquements.

Quelques heures plus tard, elle se retrouva assise dans l'avion, coincée entre le hublot et une dame d'un certain âge qui rouspétait contre le retard et l'inconfort de son siège.

Sarah ferma l'écoutille de ses oreilles et chercha une position confortable pour passer les prochaines heures. Quelle météo allait-elle trouver là-bas ?

L'atterrissage eut lieu sans encombre. Il faisait un soleil magnifique et la température douce lui fit un bien fou comparée à la fraîcheur qu'elle avait quittée.

Dans le hall elle chercha un visage familier, son père peut-être. Elle ne savait pas où elle devait aller, les informations étaient dans la valise et la valise noire… n'était plus en sa possession.

Est-ce que l'homme allait tenir parole et la lui rendre ?

« Tenez. Voici votre bien ».

Elle sursauta, contrariée d'être aussi peu attentive. L'homme lui tendait sa valise.

« Merci » fit-elle du bout des lèvres.

« Est-ce que vous avez besoin d'un coup de main ? »

Elle détesta d'être aussi transparente. Elle était seule dans un pays inconnu, sans aucun repère et son père volatilisé !

Elle fut forcée de reconnaître qu'une aide, aussi infime soit-elle, était la bienvenue.

« Oui » fit-elle dans un souffle.

— *Allons manger quelque chose. Nous établirons un plan.*

— *Attendez. Pourquoi m'aidez-vous ? Quel est votre intérêt dans toute cette histoire ? Et qui me dit que vous n'allez pas me faire coffrer ?*

— *Trop de questions…*

Il sourit et commença à marcher d'un pas rapide vers le premier café.

— *Venez goûter au fameux café Touba, cela vous remettra les idées en place.*

Docile, elle le rejoignit. Elle en profita pour regarder autour d'elle. Les couleurs et le sourire qu'affichaient les gens donnaient une connotation joyeuse, bien loin de la grisaille dans laquelle elle baignait quelques jours plus tôt.

Si ce n'était l'étrangeté de la situation, elle se serait crue en vacances.

— *Donnez-moi l'adresse où vous devez aller.*

Son camarade de fortune interrompit ses rêveries, la faisant revenir à la réalité.

Elle farfouilla dans la valise et lui tendit le papier.

Chapitre 6

(Plume-2) CH. 6–1 (Rencontre avec le grand-père)

Sarah était plus que bouleversée.

Son père avait disparu en lui laissant des armes alors qu'il avait promis de l'aider.

À sa place, le type du rendez-vous avait pris la relève.

Mais là aussi, mystère ! Comment avait-il réussi à passer les contrôles avec la valise noire ?

Cette affaire sortait de son ressort.

Sarah était certaine que tout ce qu'elle avait vécu ces derniers jours était une mascarade propre à dissimuler des faits hors de sa portée.

Lesquels ?

Si seulement elle pouvait se rappeler la toute première nuit où elle était rentrée chez elle, hagarde, une nuit de pleine lune.

Aucun souvenir. Pleine lune dont la méchanceté, le ressentiment, le mensonge pouvaient se faire si omniprésents...

Sarah savait au fond d'elle-même qu'elle devait rejoindre ses grands-parents, là où l'adresse était mentionnée.

Ils prirent un taxi et arrivèrent devant une grande maison blanche entourée d'un vaste jardin.

Sur le côté droit, une réplique de la Vierge Noire, Sainte des Gitans.

Ils avancèrent, montèrent les quelques marches et Sarah heurta la poignée.

« Tu es Sarah, je suis ton grand-père.

Nous t'attendions depuis longtemps.

Viens, entre, tu as l'air épuisé.

Et ce monsieur, qui est-il ? »

« Je ne sais plus trop son identité, dit Sarah. Il faut que vous nous aidiez, toi et grand-mère ».

Elle lui raconta les faits dans les moindres détails.

— Shana a été enlevée par les forces rebelles. Ta mère est introuvable ! Il faut que tu prennes la place de Shana pour faire diversion. Contrecarrer les forces obscures ! Et vous, qui êtes-vous ?
— Un agent spécial pour assurer la protection de votre petite-fille. C'est un ordre du gouvernement sénégalais. Pourquoi y a-t-il la Vierge Noire dans votre jardin ?
— Il y a cent ans, une jeune femme de notre lignée a épousé un gitan d'où les maléfices qui s'abattent sur notre famille. J'ordonne à ta grand-mère de rester cloîtrée dans la chambre, les sortilèges s'infiltrent chez nous bien que je n'y croie pas !

(Plume-3) CH. 6–2

En Afrique, les sortilèges étaient monnaie courante. Ils s'abattaient sur les familles, lancés par des sorciers, des devins au service d'une clientèle abondante.
Les familles étaient démunies face à tous les malheurs qui les poursuivaient de génération en génération. Croire ou ne pas croire n'empêchait pas les sorts d'agir.

Du bureau de son aïeul, la sonnerie du téléphone retentit. Celui-ci s'empressa d'aller répondre.

— Oui, Alassane ? Je connais simplement le prénom, c'est tout.

Un « blanc » dans un silence pesant se fit ressentir.
Puis, son grand-père reprit, irrité :

— Comment avez-vous eu connaissance que Sarah vient d'arriver ici, à mon domicile ? Oui, en effet c'est exact, elle est accompagnée d'un homme dont je ne connais pas l'identité. Je vous le passe...

Le fameux protecteur de Sarah prit l'appareil et dialogua à voix basse.

Vingt minutes plus tard, il informa qu'Alassane avait eu un grave malaise.

Il se trouvait au célèbre musée Théodore Monod quand il a été pris de convulsions face à un tableau très spécial.

— Hospitalisé d'urgence à la clinique du Cap, avenue Pasteur, le médecin a trouvé une fiche sur laquelle étaient inscrites vos coordonnées avec la précision de prévenir en cas de danger. Il a également découvert 3 billets d'avion pour Saint-Louis.

Shana, elle, se trouvait à Saint-Louis, à environ 200 km de Dakar.

Elle avait perdu tous ses esprits. Dans sa tête, tout semblait exploser.

Elle ne se souvenait plus de ce qui s'était passé au retour du dispensaire. Tout avait été si rapide.

Des individus sortis de nulle part l'avaient surprise à la sortie du chemin de brousse.

Puis, plus rien... Aucun souvenir, comme si tout s'était effacé tel un ordinateur reformaté.

(Plume-4) CH. 6–3 (Discussion avec Aristide)

Pendant ce temps dans la villa des grands-parents, l'homme de la PJS prenait congé de Sarah et de son grand-père pour se rendre au chevet d'Alassane.

Désormais seule avec son grand-père, Sarah cherchait à avoir une discussion avec cet aïeul dont elle ne connaissait que le prénom : Aristide honoré.

De plus, elle était impatiente de comprendre ce qui se passait dans cette maison.

Elle avait entendu parler de sortilèges touchant sa famille, mais elle ne pouvait se résoudre à croire à ces balivernes, sans comprendre ce qu'il en était.

Pourtant, elle ne voulait pas brusquer son grand-père par trop de questions, car l'homme était âgé.

De l'entrée, Sarah l'observait discrètement : son allure générale paraissait sévère. Son visage présentait la beauté caractéristique des Sénégalais. Il avait des traits assez fins et réguliers. Rasé de près, il était vêtu avec une belle élégance. Son maintien était empreint de fierté, certainement en relation avec le poste qu'il occupait ou son rang social, Sarah se sentait impressionnée.

Pour le moment, Aristide-Honoré semblait irrité du coup de téléphone qu'il venait de recevoir concernant Alassane.

Il faisait les cent pas dans le salon, pensif, marchant les mains dans le dos.

Sarah s'approchait doucement, pour engager la conversation.

Son grand-père la voyant debout dans l'entrée l'invita à prendre place dans un fauteuil.

Il s'asseyait, face à elle, dans l'autre fauteuil du salon.

Il engagea la conversation.

— *Sarah, veux-tu boire quelque chose de frais ? lui demanda-t-il avec gentillesse.*

— Non, je vous en remercie, je n'ai pas soif.

— Chère Sarah, je suis heureux de faire enfin ta connaissance. Tu es aussi belle que ta sœur Shana. Toutes deux, vous vous ressemblez tellement, toutes deux avez la même beauté radieuse de votre maman. Vous vous ressemblez tant toutes les trois que c'en est époustouflant.

— Moi aussi, je suis heureuse de faire votre connaissance. M'autorisez-vous à vous tutoyer, à vous appeler Aristide ou si vous le permettez, grand-père ?

— Bien entendu ma chérie, tu peux me tutoyer et m'appeler par mon prénom, si tu veux.

— Merci, Aristide.

Après un échange de sourirés, Aristide reprit la conversation.

— Je suppose que tu as des tas de questions à poser, mais avant je voudrais te parler de la situation actuelle. Tu dois entendre qu'historiquement un sortilège s'abat sur notre famille. Cette malédiction peut être défaite par un don héréditaire, transmissible par la lignée des femmes du clan. Ta mère, ta sœur et toi, possédez ce don. Avec ce pouvoir exceptionnel, vous pouvez, non seulement voir l'avenir, mais aussi guérir certaines formes de maladies et éloigner les malheurs, comme les sortilèges. Malheureusement en contrepartie, vous oubliez temporairement une partie de votre passé récent. C'est pourquoi ce pouvoir fait de vous des êtres convoités.

Elle lui demandait alors où se trouvait sa mère pendant qu'ils se parlaient.

Embarrassé par la question, Aristide reprenait lentement sa respiration avant de continuer ses révélations.

— Hélas, je ne sais pas où Shana et Salma se trouvent actuellement. Elles étaient encore ici, très récemment.

Elles logeaient chacune dans une jolie petite chambre avec vue sur le jardin.

Aristide se raclait la gorge avant de continuer ses explications.

— Il faut que tu saches encore que ta sœur Shana a été enlevée par des individus dont je ne sais pas grand-chose, si ce n'est qu'ils réclament une rançon. Selon leurs exigences, ce devait être ma chère Salma, qui devait apporter la somme demandée. Mais à cette heure, elle n'est toujours pas rentrée, car ces maudits la retiennent certainement.

Bougon, le vieil homme poursuivait sa réflexion à haute voix, comme s'il se parlait à lui-même.

— Comme par hasard, le lieu du rendez-vous pour l'échange était fixé au musée Théodore Monod, là même, où ton père a fait un malaise. Je le soupçonne d'être l'instigateur de ce rapt.
— Que dis-tu là grand père ?
— Tu comprendras que je ne l'aime pas. Pour moi, c'est un profiteur, qui cherche à détourner ta mère de son destin en l'entraînant dans un labyrinthe de sentiments amoureux qui n'est pas digne de son rang. En plus, je ne pense pas qu'il soit d'une grande honnêteté, d'ailleurs j'ai toujours refusé que cet individu entre sous mon toit.

Poursuivant son monologue intérieur à haute voix.

— Je pense que ce malaise est une excuse pour te faire venir près de lui et te kidnapper à ton tour. Ainsi les trois détentrices du don seraient près de lui et sous son influence. Tu sais, il y a bien longtemps, pour protéger ta mère de ce triste sire, et de ses manigances, je lui avais interdit de le revoir. Mais rien n'y avait fait. Elle était

amoureuse de cet homme. Puis vous êtes nées. Dès lors, c'était pour vous protéger de lui, que je vous avais envoyé vivre dans ce village loin de la maison où tu as grandi seule auprès de ta mère. Quant à ta précieuse sœur, elle devait rester avec ta grand-mère et moi pour recevoir toute l'éducation nécessaire pour la maîtrise et la transmission du don. Toi, ma chérie, étant arrivée en second lors de votre naissance, je pensais, à tort, que tu ne pouvais pas y accéder. Pourtant, avec le temps, j'ai compris que la maîtrise du don ne peut être totalement efficace que si vous êtes toutes deux réunies. C'est pourquoi je te disais à ton arrivée que Shana était en danger si tu n'étais pas à ses côtés lors des transes de pleine lune. Maintenant, tu sais que l'une sans l'autre, vous ne pouvez pas exercer le don sans risquer votre vie.

Sarah restait sans voix devant ces révélations.

C'était donc ça.

Tout ce qui lui était arrivé en France venait de ce don. Elle en ignorait l'existence même, mais se souvenait très bien de la vision du serpent et la lévitation au-dessus du canapé.

Son esprit était abasourdi.

La seule question qu'elle pouvait alors formuler pour dissimuler sa paralysie psychologique fut :

— *Que pouvons-nous faire pour leur venir en aide ?*

(Plume-5) CH. 6–4

Aristide regardait Sarah avec un picotement au bord des yeux. Il était clair que la disparition de sa petite-fille, puis de sa fille, la demande de rançon l'avaient profondément affecté. Et même si la venue de Sarah lui donnait l'illusion de revoir Shana devant lui, il savait que ce n'était pas elle, juste sa sœur jumelle. Il ne put dire que ces quelques mots :

— Nous ne devons pas agir précipitamment…

Quant à Sarah, elle se retrouvait dans un pays dont elle ne se rappelait presque rien. En si peu de jours, elle découvrait un père, une sœur, une mère… tous trois, disparus ou malade. Elle ne se rappelait de rien. Pourquoi ?

— Grand-père, pourquoi je ne me rappelle rien. Je ne me souviens plus de ma sœur ni de ma mère ni de mon père… Pourquoi ? Je ne comprends pas ce qui m'arrive. Je sens au fond de moi que tout ceci est vrai. Enfin, presque… Je ne sais pas…

L'homme fier se renfonça sur son siège. En un instant, il venait de perdre toute sa prestance. Il était livide. Il était clair qu'il y avait une réponse, mais que celle-ci ne serait sans doute pas agréable à entendre. Il ne bougeait plus, prostré.

— Aristide ! Dis-moi ! Tu as dit des choses horribles sur ce père, que je connais peu, mais qui ne m'ont pas semblé comme tu me l'as indiqué. Je sens que tu me caches quelque chose !

Toujours immobile, ses lèvres s'entrouvrirent, mais aucun son ne sortait, la gorge trop serrée. Il n'osait même plus la regarder. Alors Sarah commença à s'énerver, à trembler de tout son être, ses bras tendus le long de ses hanches.

— Grand-père ! Dites-moi ce que vous savez !

Le vent commença à souffler, mais à l'intérieur de la pièce, comme une mini-tornade qui se matérialisait devant elle. Ses cheveux défaits s'envolaient dans ce souffle puissant. Même les vêtements de son vieil aïeul et son visage étaient secoués par ses bourrasques impossibles.

— Calme-toi, Shana ! Calme-toi !

— Je ne suis pas Shana !!

Et le vent de redoubler… Des objets commençaient à être à leur tour projetés contre les murs, donnant l'impression d'une lutte entre plusieurs personnes dans cette petite pièce.

— Non, pardon… Calme-toi, Sarah… Je t'en prie… Laisse-moi t'expliquer… Je vais parler…

Le vent retomba doucement, sans s'arrêter totalement, les cheveux de Sarah virevoltaient toujours, dressée sur sa chaise, le dos droit, les pieds ancrés au sol.

— Je… Je savais que tu avais ce pouvoir… tout comme ta sœur… Ta mère ne l'a pas, elle. Mais vous êtes capables de déchaîner les éléments. Et… et un jour… lorsque j'ai… lorsque j'ai…

Il s'arrêta, dans l'impossibilité de continuer, rabaissant la tête. À peine avait-il entamé ce geste, que l'air se remit à amplifier son flux autour d'elle.

— Non ! Non… arrête… je vais continuer, reprit Aristide.

Le vent ne se calmait pas, mais ne montait plus en intensité. Il savait maintenant qu'il n'y échapperait pas. Il fallait qu'il parle…

— Le jour… où j'ai pris la décision de vous séparer… tu es entrée dans une colère terrible. Ce jour-là, j'ai compris. Tu avais beau être la deuxième, tu avais les mêmes dons que ta sœur… Et le véhicule qui était censé t'emmener loin de nous s'est envolé comme un fétu de paille… Ce jour-là, j'ai commis une erreur… Mais je ne l'ai compris que plus tard… Et comme je te l'ai déjà dit, votre don vous fait perdre la mémoire. Et c'est ce qui s'est passé. Tu ne te souvenais plus qui tu étais, tu ne reconnaissais plus

personne. Et c'est comme cela que nous avons pu t'emmener loin d'ici, que tu as tout oublié…

— Pourquoi m'avoir séparée de ma mère et de ma sœur ? C'était un acte abominable ! Je le ressens en moi. Je me souviens de ce moment, comme un rêve. Je revois ce tourbillon…

— Oui, la force du serpent qui s'enroule sur sa proie…

— Tu n'as pas répondu à ma question !

— Je… Je le devais… Pour votre sécurité… pour ta sécurité…

— « Ma » sécurité ? Ou la vôtre ?

— Je…

— Et mon père, dans tout cela. Je ne crois pas un mot de ce que tu as dit sur lui ! Je sais au fond de moi, je ne sais pas pourquoi, mais je le sais ! Il est bon ! Il est noble de cœur, même s'il est devenu un assassin ! Et maintenant ! Oui, maintenant ? Qu'allons-nous faire ?

L'homme aux cheveux gris ne bougeait plus, ses yeux perdus dans le regard de Sarah.

— Non, je reformule, dit Sarah. Maintenant, que vais-je faire ? C'est ma sœur ! C'est ma mère ! Comment as-tu pu la laisser sans surveillance ? Comment as-tu pu laisser ma mère partir seule pour apporter cette rançon ? Et d'où vient l'argent de cette rançon ?

L'homme s'effondra en sanglot devant elle. Sa tête entre ses mains, il ne savait dire que « Pardon ! », en le répétant selon le rythme de sa respiration haletante. Sarah ne pouvait en supporter plus. Elle se leva, se dirigea à la porte et cria, d'une voix rauque et puissante, pour évacuer toute sa colère et sa frustration. « Non je n'oublierai rien, cette fois, non ! Je me souviendrai de tout ! »

Chapitre 7

Sarah ne pouvait contenir cette rage qui la faisait bouillir.

Elle sortit de la maison laissant son grand-père à l'intérieur. Elle devait faire quelque chose pour occuper son esprit. Il lui manquait des bribes, elle avait le sentiment qu'on lui avait volé toute son enfance.

— *Sarah, Sarah…* Chuchotait une voix.

La voix venait d'en haut, Sarah leva les yeux et distingua un visage entouré de longs cheveux gris. Une femme, une vieille femme lui faisait signe de la main. Était-ce sa grand-mère ?

La vieille femme lui lança un objet qui tomba à ses pieds.

Sarah se baissa et prit l'objet rectangulaire, c'était une boîte. Que contenait-elle ? Elle tourna la tête vers sa présumée aïeule, mais celle-ci mit un doigt sur ses lèvres, lui faisant comprendre qu'elle ne pourrait lui répondre. De son regard, elle lui fit comprendre qu'elle devait s'éloigner et découvrir par elle-même son contenu.

Sarah n'était plus à un mystère près…

Elle avisa un banc non loin de la porte d'entrée et s'assit, en serrant fortement contre ses jambes, le précieux objet.

Elle ouvrit le couvercle et découvrit des feuilles parcourues d'une écriture fine et manuscrite. Il y en avait plusieurs.

Elle prit la première et lut :

Ma chère Sarah,

Lorsque tu liras ces lignes, c'est que la vision que j'ai eue s'est réalisée. Tu es enfin là mon enfant. Cela fait si longtemps que je t'attendais.

J'ai fait cacher par ta grand-mère Lucile, ces feuilles. Ton grand-père n'est pas au courant, il fallait garder ce secret, il n'aurait pas compris.

Cette fois-ci, l'importance est de taille. Si tu lis cette missive, c'est aussi que je ne serai pas présente pour tout expliquer de vive voix.

Il va te falloir me faire une confiance aveugle.

Grand-père est persuadé que j'ai, que nous avons été manipulées par ton père. Balaye tout cela, Sarah, tout n'est que sortilège dans ce pays, le visible n'est pas ce que tu crois.

Fie-toi en ton instinct. Nous avons une mission à accomplir. Il faut absolument que tu nous retrouves. Je sais que tu en as la capacité.

Concentre-toi et tu nous verras, Shana et moi.

Lorsque tu nous auras retrouvées, une autre étape s'ouvrira à nous.

Je t'embrasse en esprit, ma Sarah, en attendant de t'avoir en face de moi.

Salma

Ainsi se terminait le dernier feuillet.

Comment devait-elle procéder pour « visionner » sa sœur et sa mère ?

Elle remit les feuilles dans la boîte et la plaça dans la poche arrière de son pantalon.

Elle devait trouver une idée… Et vite !

(Plume-2) CH 7–2

« Le visible n'est pas ce que tu crois. Suis ton instinct !
Viens nous retrouver, c'est urgent !
Ton père n'est pas coupable. »

C'est-à-dire, se dit Sarah, que tout ce qui peut nous sembler vrai puisse être faux, qu'il faille creuser à l'intérieur des êtres et des choses pour connaître si leur désir est amour ou carnage.

Impossible à réaliser, pensa-t-elle.

Sarah sentit brusquement une présence derrière elle.

« L'instinct, Sarah, l'instinct ! »

Elle se retourna d'un bond et constata la présence d'un enfant noir sur le bord de la route.

Il était effrayé et tenait à bout de bras son doudou.

— T'es tout pâle ! Viens, viens dans mes bras et raconte que je puisse t'aider.

Ils s'étaient assis sur de grosses pierres et il avait commencé à parler.

— J'habite là-bas dans la maison verte.

— Et ta maman, ton papa ?

— Ils sont au travail jusqu'à demain soir. Hier soir, y a quelqu'un qui est venu à la maison...

— Comment il était ?

— Grand, plus grand que toi et tout habillé de noir...

— Parle, bonhomme, c'est important !

— Il m'a demandé de porter ce sac à Dakar et de le déposer au musée en dessous d'une peinture étrange...

— Il t'a demandé autre chose ?

— De... de casser la Vierge Noire chez vos grands-parents.

— Autre chose ?

— Que si je n'obéis pas, il enlèvera ma petite sœur.

— T'inquiètes pas mon p'tit chou, ça va aller. Nous allons ensemble au musée.

Sarah fut avec Mathieu au comble du désespoir.

Aller dans tous les sens depuis si longtemps.

Ne jamais savoir, supputer, ce petit enfant de six ans kidnappé par la pression mentale…

Sarah étouffait.

Aucune certitude de l'endroit où se trouvaient ses parents.

Sarah prit le petit garçon contre elle.

Les arbres se révoltaient avec une force incroyable. Les nuages, les feuilles, les embruns de la mer tournoyaient à une vitesse folle.

Deux minutes après, le calme revint.

Mathieu l'avait aidé à canaliser son énergie.

Le bruit du Mbalax à la musicalité très forte couvrait ses paroles hurlantes.

Puis, sous l'emprise néfaste, elle hurla encore plus fort, car elle voyait l'œuvre d'un Marabout affrontant l'interdiction de se rallier à ces sciences occultes.

Le vent recommença à gicler, lui laissa sur les joues de longues traces blanches.

Elle reconnut l'odeur de la craie blanche qui était de la cocaïne d'où les actes violents des Marabouts comme la mise au bûcher.

— *Pas le moment de paniquer, se sermonna-t-elle. Je ne gère absolument pas cette situation.*

Sarah leva les bras vers le ciel clair, appela à voix douce et persuasive le calme du vent. Presque sous hypnose, il se coula lentement sur les pieds de Sarah.

Cela devenait un combat entre les forces du bien et du mal, une guerre interne entre les clans.

Elle donna un baiser à Mathieu et lui prit la main l'entraînant à sa suite.

Direction Dakar vers le musée de Théodore-Monot.

Les restes de cocaïne étaient dans un filet, cachés au fond de sa chaussure.

Le quartier historique de la Médina.

Ses fêtes, le bruit, ses quartiers populaires pourraient, avec beaucoup de prudence, cacher des personnes indésirables.

L'Atlantique, les bateaux qui vont vers les capitales européennes avec cabines au prix fort pour que les passagers ne soient pas embêtés.

Quelques jours à Médina et ensuite direction inconnue.

Sarah fit une méditation de quelques minutes et sentit que son âme la conduisait là-bas.

(Plume-3) CH 7–3

Mathieu regardait avec curiosité et étonnement Sarah, sa protectrice, assise en position de lotus.

Son totem, le cobra royal, lové dans son esprit, ordonna littéralement à son âme de la transporter auprès de sa jumelle Shana.

Mais c'était sans compter sur les récentes forces occultes que Sarah désirait ardemment maîtriser.

Car à cet instant précis, une violente tornade de poussières se souleva.

Elle devint une brume épaisse et opaque les enveloppant tous les deux dans une bulle de lumière.

Un caducée se matérialisa aux pieds de Sarah, puis elle reconnut la voix d'Alassane lui préconisant de se méfier, car un piège lui avait été tendu.

> — *Le petit Mathieu avec doudou et valise, cet enfant de 6 ans, debout sur le bord de la route, habitant une maison verte et en ta compagnie à cet instant même, n'est en fait qu'un leurre afin de te détourner de ta mission.*
> — *Papa, comment peux-tu connaître ces détails ?*

— Dans le coma où je me trouve, mon corps astral voyage, et j'ai la possibilité de te protéger.

Arrivé à la clinique, je me suis vu, j'avais déjà quitté mon corps. Mais là-haut, on m'a vite fait comprendre que je devais impérativement réintégrer ce corps de chair, car des êtres proches avaient encore besoin de moi.

Rassurée, mais soucieuse de l'état de son père, avec des émotions paradoxales, Sarah le vit comme un beau jeune homme… image fugace et rassurante.

La bulle en cocon explosa et elle se retrouvait seule dans ce quartier de la Médina.

L'enfant et la valise s'étaient curieusement volatilisés.

Seul subsistait un doudou poussiéreux posé dans sa main !

Triomphante et confiante, elle décida de repérer les heures miroirs pour l'aider dans ses intuitions.

Avec la boîte de Lucile dans sa poche, elle avait dépassé ses peurs et son taux vibratoire ayant monté en puissance, elle prit la direction du musée Théodore-Monod.

Elle allait changer de ligne temporaire afin de s'aligner sur la vérité.

L'énigme restait entière, mais face au tableau, elle était persuadée de décoder une des clés de son histoire.

Sur l'île N'Dar, à l'embouchure du fleuve Sénégal, à Saint-Louis, dans la vieille ville, ancien comptoir européen et colonial relié au continent par le pont Faidherbe, dans une maison mauresque, Shana avait été droguée.

Dans cet état, elle avait assisté à l'intervention d'Alassane auprès de sa sœur dans la bulle de lumière…

Chapitre 8

Lieu de l'enlèvement

(Plume-4) CH 8–1

Maintenant revenue dans la réalité de son enlèvement, Shana gisait sur un lit dans une douillette chambre d'une maison inconnue.

Elle ouvrait lentement les yeux comme pour sortir de la torpeur médicamenteuse dans laquelle elle était plongée.

Son front était fiévreux et sa gorge sèche. Elle gémissait doucement comme pour dire assez, sortez-moi de là.

Elle leva la tête pour tenter de s'asseoir, mais très vite les liens qui l'immobilisaient, bloquèrent son mouvement.

Dépitée et lasse, elle relâcha le muscle de son cou et laissa choir de nouveau sa tête sur l'oreiller.

Une forte migraine serrait ses tempes. Elle ne savait plus si elle avait froid ou chaud. Ses bras et jambes étaient tellement endoloris par les sangles qui la maintenaient sur le lit, qu'elle en avait des crampes.

Une main douce essuyait délicatement les larmes qui coulaient de ses yeux.

Shana sentait une présence familière, mais ne la voyait pas, car le peu de lumière qui bordait la pièce était encore trop aveuglant pour les rétines de ses yeux.

— Calme-toi ma chérie, tu es en sécurité. Je veille sur toi.

Mon Dieu, pensa Shana.

Associant les actes à la parole, Salma soulevait délicatement le visage de sa fille pour l'aider à boire dans un gobelet quelques gouttes d'eau sucrée, puis humecta ses pommettes et ses lèvres avec une eau bien fraîche.

Ceci apaisait un peu la soif de la jeune femme.

Salma voyait que sa fille souffrait de l'état de contention dans lequel elle était maintenue contre son gré. Elle savait aussi que c'était pour son bien, pour qu'elle ne se blesse pas lors des nombreuses transes qui l'assaillaient quotidiennement.

Salma se leva lentement pour saisir une seringue d'anesthésiant, en vérifia la dose et l'injecta dans la perfusion qui plongeait dans le bras de sa fille.

L'effet fut instantané, les yeux de la jeune Shana se révulsèrent à nouveau.

Shana sombra dans une léthargie comateuse avec un soupir d'impuissance.

Salma remonta le drap sur ses épaules, lui déposa un tendre baiser sur le front, puis sortit sans bruit de la chambre.

Quelques larmes mouillaient ses joues et un énorme sentiment de culpabilité enserrait sa gorge.

Jusqu'où devait-elle aller pour sauver sa fille d'une démence assurée.

La pauvre enfant continuait à avoir des visions sans aucun contrôle ni vrai repos.

Shana était réellement en danger, elle ne pouvait plus distinguer le réel de l'imaginaire. Ses transports métaphysiques étaient tellement fréquents et incontrôlables, qu'elle en perdait la raison. Elle ne dormait presque plus, et parfois frôlait l'effondrement psychique.

Salma en voulait à son père d'avoir exploité pendant de nombreuses années, les dons de Shana pour son propre compte.

Il lui demandait toujours un peu plus d'informations sur le futur, jusqu'à l'épuisement total de la petite.

C'est pourquoi Lucile et elle avaient organisé l'enlèvement de Shana avec la complicité d'Alassane.

Toutefois, Salma restait inquiète de l'implication de cet organisme PJS et se demandait sa raison d'être dans cette histoire.

Par leur intermédiaire, Alassane avait obtenu la drogue médicamenteuse qui permettait de protéger leur fille de la folie, mais d'un autre côté Salma ignorait tout de leurs objectifs.

Et pourquoi diable Sarah était revenue au pays, alors qu'elle la pensait loin d'ici, bien à l'abri du sortilège et débarrassée de ce don, fardeau de son existence, à elle aussi.

Salma avait également souffert de ces transes de pleine lune qui la laissaient exsangue et meurtrie jusque dans sa chair.

Elle se souvenait que son père lui posait de multiples questions sur ses visions, voulant toujours plus de détails.

Heureusement, Lucile, sa mère la réconfortait tant bien que mal, étant elle aussi sujette à ces transports dans le futur et aux questionnements de son époux.

Avec le temps, certainement lassée par l'inquisition de son mari, Lucile avait fini par se terrer dans un mutisme total. Elle refusait de raconter ses séances de vision, ce qui énervait profondément Aristide.

Puis un jour, Salma se souvint à l'âge de quinze ans, le sortilège avait fait son apparition. Son père semblait réellement inquiet, de l'effet qu'il pouvait faire à sa famille.

C'est aussi à cette époque que sa mère avait pris ses quartiers au troisième étage de la maison et qu'elle ne faisait plus que de très rares apparitions, enveloppée dans un mutisme béat.

Pourtant lorsque Salma se trouvait seule avec sa douce maman, il en était autrement.

Lucile était bavarde alors.

(Plume-5) CH. 8–2

L'homme de la PJS venait d'entrer dans la pièce où était attachée Shana, avec sa mère Salma. Il s'approcha d'elles.

— Comment va-t-elle aujourd'hui ? Est-ce qu'elle a retrouvé son calme ?

— Les sédatifs que vous nous avez donnés l'aident à se plonger dans un sommeil, mais elle ne semble pas se calmer à son réveil. J'interviens vite pour lui refaire une piqûre, car je sens ses vibrations se réveiller...

— Il va falloir que cela cesse... Elle doit maîtriser ses transes !

Salma regarda l'homme avec une inquiétude, et ne pouvant plus se taire, elle lui demanda :

— Mais pourquoi vous faites cela pour nous ? Quel est votre intérêt dans cette affaire ?

— Vous n'avez pas à le savoir. Nous vous aidons, c'est tout. C'est notre devoir de le faire.

— J'ai du mal à croire que ce soit par pure compassion... Cela ne ressemble pas à l'esprit d'une organisation comme la vôtre ?

L'homme se tut, sans rien ajouter.

— Et pourquoi Sarah est-elle ici ? Pourquoi n'est-elle pas restée loin de ce pays ? Êtes-vous pour quelque chose dans sa présence ?

— Ne vous posez pas tant de questions ! Occupez-vous de votre fille et de la remettre sur pied, saine et sans altération…

« Sans altération », ce mot avait claqué dans la tête de Salma… « Sans altération »… On parle ainsi d'un outil, d'un produit chimique… d'un outil… C'est bien ce qu'elle craignait. Avait-elle quitté un espace où on essayait d'utiliser sa fille, notamment son père ou son grand-père, pour une autre organisation, dont les objectifs seront sans doute moins honorables ? Et si son autre fille était ici, il était évident que ce n'était pas un hasard. La PJS devait avoir une idée derrière la tête…

Elle changea son visage et fit montre de reconnaissance, même si dans son cœur, elle pensait tout autrement.

— Oui, vous avez raison. Je vous remercie de votre aide. Je vais faire mon possible pour qu'elle se rétablisse. C'est mon souhait le plus cher !

L'homme ressortit de la pièce, décrochant son téléphone.

— Oui, elle n'est toujours pas prête… Bien reçu, nous devons nous occuper de l'autre candidate… Bien reçu. Nous nous en occupons immédiatement… À vos ordres…

Ces mots que Salma n'aurait pas dû entendre derrière la porte insonorisée, elle les perçut grâce à ses dons qu'elle laissait croire perdus, mais qui étaient toujours présents.

— Sarah ! Elle est en danger ! Je comprends maintenant ! Elle a dû développer les dons, contrairement

à ce que je pensais avec cet éloignement... Sarah ! M'entends-tu ? Sarah ? Fais attention !

De son côté Sarah, sortait du musée, les yeux comme des éclairs, une puissance intégrée et maîtrisée. Elle entendit comme une voix, qu'elle ne reconnut pas aux premiers instants. Mais sa mémoire revenait...

— *Maman ? En danger ? Où êtes-vous ?*
— *Sarah ! Éloigne-toi de nous ! Nous sommes pour le moment en sécurité, mais...*

Ses sens ne permettaient pas d'entendre l'intégralité des pensées. Mais elle reconnaissait cette voix venue du passé, qu'elle pensait avoir totalement oublié : Salma, sa mère. Elle sentait une présence à côté d'elle... Mais qui ? Sa sœur ! Oui, sa sœur Shana ! Elle essaya d'entrer en contact avec elle, mais c'était comme une porte blindée fermée. Elle ne percevait qu'une forme de prison qui l'entourait, contrairement à sa mère...

Elle ne savait pas où elles étaient...

— *Je dois les sauver ! Mais ma mère, quel rôle a-t-elle joué dans cet enlèvement ? Et la PJS ?*

C'est à ce moment-là que la voiture de la PJS s'approcha du musée, ainsi que des hommes...

« Cours ! Fuis ! Va dans la ville profonde !! Fonds-toi dans la masse ! »

C'était la voix de son père. Sans perdre un instant, elle courut, sans prêter attention aux véhicules, et en suivant son instinct, tournant une fois à droite, une fois à gauche. Mais ils couraient derrière elle. Elle avait réussi à maintenir une distance, mais insuffisante pour les perdre.

« À droite, troisième porte ! »

Elle obéissait sans réfléchir… Elle tenta d'ouvrir la porte, en se demandant si elle serait ouverte. Non, fermée ! Alors que les hommes s'approchaient du quartier où elle se trouvait, elle sentait qu'ils allaient finir par la dénicher. Elle avait peur. Une impasse ! C'est à ce moment que la porte s'ouvrit, qu'un bras l'attrapa et la tira à l'intérieur. Elle se laissa conduire, dans une partie basse du bâtiment, comme une cave, masquée par une ouverture dissimulée…

Où était-elle ? Qui était cette personne qu'elle avait à peine aperçue tant la scène fut rapide ?

(Plume-1) CH 8.3

— *Chut*, intima une voix derrière elle.

Sarah obéit, par instinct, par automatisme sachant qu'elle n'avait pas le choix. Elle ferma ses yeux et sentit un mouvement, elle « vit » des hommes habillés de noir, passant non loin d'eux, mais sans s'arrêter. Ils n'avaient pas vu l'invisible ouverture.

Ce n'est que lorsque ses lèvres expirèrent qu'elle se rendit compte qu'elle avait retenu son souffle.

— *Merci*, chuchota-t-elle.

Elle ne distinguait pas la personne qui était à côté d'elle. Un clic, et une lumière éclairait la pièce où ils se trouvaient. Sarah cligna des yeux, le temps d'acclimater sa vue.

Devant elle, un homme de haute taille, habillé élégamment d'un boubou traditionnel gris-anthracite dont les moirures et les broderies discrètes dégageaient une aura imposante. L'homme inclina légèrement sa tête en signe de salut.

Fascinée par la prestance de l'individu, elle sut sans qu'aucune parole ne soit prononcée qu'elle était face à un dignitaire.

> — *Bonjour. Où nous trouvons-nous ? Je dois absolument partir.*
> — *Oui, je vais vous amener jusqu'à Saint-Louis.*
> — *Mais !!! Comment savez-vous que je dois m'y rendre ?*

L'homme étira ses lèvres en un sourire énigmatique.

> — *Ce pays regorge de mystère… Vous allez vite l'apprendre. En attendant, je vais vous donner des vêtements… Plus appropriés.*

Sarah pencha sa tête et fit une moue. Oui, habillée en bermuda et débardeur couleur locale, ce n'était pas vraiment discret.

> — *Je me nomme Seyé. Considérez-moi comme votre guide pour ce pays. Suivez-moi, je vais vous conduire dans une autre pièce pour que vous puissiez vous changer.*

Sarah, bien que surprise lui emboîtât le pas. Cette pause n'était pas pour lui déplaire. Il émanait de cet homme tant de paisibles ondes que toute sa colère avait disparu. Elle se sentait apaisée.

Il la fit entrer dans une pièce, un bureau-détente où il lui montra des vêtements sombres posés sur le canapé.

> — *Lorsque vous aurez fini, rejoignez-moi, je nous prépare un thé.*

Puis, il se retira discrètement.

Sarah s'approcha et sans hésiter, quitta ses vêtements. La tenue était sobre, mais de bonne qualité, un chemisier à manches longues et un pantalon en toile, certainement pour le soleil et les moustiques.

Elle tourna sur elle-même et constata que tout lui allait. Par quelle magie, avait-il pu deviner sa taille ?

Décidément, cet homme l'intriguait.

Elle sortit de la pièce et se mit à sa recherche en suivant le bruit qui lui parvenait de quelques pièces plus loin. Elle pénétra dans un salon à la décoration sobre, mais confortable. Son hôte l'attendait avec le traditionnel thé à la menthe.

— *Merci*, dit-elle en le prenant précautionneusement entre ses doigts.

Elle souffla sur le breuvage, attendant qu'il entame la conversation. Elle avait mille questions, mais n'osait pas le brusquer.

— *L'Ataya est un moment à respecter.*
— *« L'ataya » ?*
— *Oui, l'Ataya est le temps du thé où chacun peut se poser et deviser tranquillement. Cela permet au corps, mais aussi à l'esprit de se concentrer et se détendre.*
— *Ah…*
— *Savez-vous que vous avez en vous un potentiel incroyable Sarah ?*
— *Que… Vous connaissez mon prénom ?*
— *Je connais presque tout de vous et de votre famille. Il fit un geste large de sa main droite. Ces prochains jours vont être longs.*

Sous-entendait-il que cela allait être pénible pour elle ? se demandait Sarah.

— Je ne pourrai pas rester longtemps ici, il faut que je me dépêche d'aller retrouver…

— Oui, Salma et Shana. Je les connais.

— Vous les connaissez ? se contenta de répéter bêtement Sarah.

(Plume-2) Ch. 8–4

— Depuis que vous êtes née, je vous suis, Sarah. Je suis votre œil protecteur, votre garant pour que l'indépendance et la liberté du Sénégal soient toujours assurées.

— Mais comment ?

— Grâce aux forces occultes, celles qui maintiennent en place les valeurs et les traditions ancestrales. Nous sommes ici, au Sénégal, imbibés de cette magie, Sarah. Aller contre serait à l'inverse des croyances du peuple, ce qui n'est pas concevable. Votre père, Alassane a d'abord joué un double rôle. Il y a deux mouvements dans la PJS. D'un côté, certains membres dont je suis la liaison, veulent l'indépendance et la liberté du Sénégal. De l'autre, certains dévoyés dont fait partie votre grand-père souhaitent que le peuple soit à nouveau soumis à l'esclavage et continuer les trafics de drogues, des œuvres d'art, du blanchiment d'argent vers les puissances internationales. Votre père y a d'abord adhéré afin de s'enrichir bien entendu puis y a renoncé pour l'amour de votre mère. L'allégeance de cette dernière à son peuple qu'il ne pouvait heurter sous peine d'être répudié. Il nous faut jouer sur plusieurs tableaux, Sarah. D'un, il faut contrer votre grand-père et les opposer à l'indépendance. Pour cela, nous devons absolument par sciences occultes détruire la Vierge Noire. Elle est au centre de ce trafic. Pensez au petit garçon venu vous prévenir. La tâche est trop dure pour lui seul. Nous jouons gros, Sarah. Votre grand-père a le soutien de gens importants, influents. Ils ont le monopole de la parole

actuellement en manipulant le peuple. Ils veulent influencer les futures élections pour que le peuple se rallie à eux. Pour cela, ils sont entourés d'avocats, de juges, de parlementaires... Ils leur font miroiter un monde meilleur socialement, politiquement et économiquement.

— Mais comment les contrer ? Cela semble impossible !

— Si Sarah, nous y arriverons. Tout d'abord détruire la Vierge Noire afin que le groupe de votre grand-père soit déstabilisé. Elle a été bâtie à l'époque par votre grand-père comme bouclier pour que les pouvoirs des femmes ne puissent avoir d'emprise sur lui et son association. Ils veulent vous envoûter afin de les aider dans leurs desseins.

— La détruire ?

— Les forces occultes Sarah, la réunion entre vous, votre sœur, votre mère et votre grand-mère. Vous et Shana possédez un pouvoir que vous devez utiliser maintenant. Il est plus que temps de le développer. Je vais faire en sorte que Shana soit hors des transes dans lesquelles elle est plongée...

— Mais comment ?

— Je suis près de vous, Sarah. Vous plonger dans un état second, dans un état divinatoire afin que vous rejoigniez l'esprit de votre sœur. Votre force sera mise à rude épreuve comme je vous le disais. Vous allez à nouveau entrer en transe pour réunir vos deux esprits et générer l'esprit du bien ! Vous serez toutes deux transportées auprès de la Vierge et vous détruirez son bouclier par vos forces mentales.

— Mais...

— Vous n'avez plus le choix, Sarah. Un peuple entier dépend de vous et de votre sœur. Visualisez Sarah, anticipez, cherchez où est votre sœur. Dans un deuxième temps, votre père. Il doit sortir du coma pour vous aider. Il connaît l'ensemble de la PJS.

— Ma mère, ma grand-mère ?

— Elles seront sous ma protection. Votre grand-père doit être détruit !

— Le tuer ?!

— Non, le délabrement mental, Sarah qui l'empêchera d'agir grâce aux troubles qui vont l'agiter. Il devra fuir, Sarah, lui et son organisation. Comme vous aussi devrez le fuir. L'attirance des contraires. Forces contre forces. Je vais entrer au plus profond de moi-même, Sarah pour vous mettre en lévitation.

— En lévitation ?!

— Comme en France, Sarah, dans la maison où était le cobra.

— Le cobra ! Je l'avais oublié... et le tableau dans le musée...

— Il a son rôle à jouer. Ses éléments vont le traverser et viendront vous aider.

— Je risque de mourir ainsi que Shana ! Mon grand-père ne se laissera pas faire ! Il essayera de nous contrer ! L'immoralité de son groupe ! Ils essayeront de nous détruire ! Mon propre grand-père, le père de ma mère, le mari de ma grand-mère...

Sarah est triste, elle pense à leurs retrouvailles. Tout cela a été agencé pour la destruction d'autres personnes. Sans l'aide de Seyé, que ce serait-il passé ? Elle tremble, a envie de se retrouver dans son monde d'avant, celui où elle était tranquille.

— Tout cela est tellement nébuleux, sorti de la réalité...

— Nous sommes au Sénégal où le possible rejoint l'impossible. L'immatérialité des faits. Fermez les yeux, Sarah. Vous entrez dans la magie, celle annonciatrice de la liberté.

Chapitre 9

Shana, la sœur jumelle

(Plume-3) CH. 9–1 (Salma la mère)

Les yeux clos, elle se revit en France, ce soir de pleine lune, au moment où elle rentrait au son des douze coups de minuit.

La journée avait été longue, mais passionnée par son métier, elle ne sentait pas la fatigue.

Elle avait réussi dans le monde du spectacle.

Sarah dansait et chantait dans le groupe de choristes et de danseuses, auprès de J. H. surnommé le « Taulier », le rockeur préféré des Français.

Sa chanson « Oh, ma jolie Sarah » écrite par un certain journaliste, Philippe Labro, l'avait toujours émue. Elle avait réussi à gommer la période de son enfance vécue au Sénégal.

Mais depuis cette nuit éclairée par son astre lunaire, sa vie avait littéralement basculé.

Tout s'emmêlait, de ces années où elle rayonnait d'avoir découvert sa passion, elle se retrouvait aujourd'hui impliquée dans un univers de complot et de magie.

Seyé se glissa derrière elle.

— La devise sénégalaise, c'est un peuple, un but et la foi. L'étoile jaune à 5 branches sur notre drapeau représente l'ouverture aux 5 continents. Nous devons nous ouvrir au monde.

Il la fit étendre sur un sofa et lui dit :

— Je vais décompter de 9 à 1 afin de réunir votre esprit à celui de Shana et celui de votre mère. Vous allez fusionner et intégrer toutes les trois un lieu de force où le temps n'existe pas.

À sa voix posée et grave, elle s'éleva, et lorsqu'à peine le 1 fut prononcé qu'il y eut un grand saut quantique. Les trois corps de lumière furent réunis face à la Vierge Noire dans la propriété d'Aristide. Les trois femmes étaient transformées en guerrières de vérité.

Cette vierge était sculptée dans une pierre sacrée d'origine météorique, le bétyle.

Son énergie ténébreuse, puissante et inquiétante émettait une radiance négative, celle même qui protégeait le grand-père et son clan et cela depuis bien trop longtemps.

Par les pouvoirs réunis, elles purent détourner et annuler cette protection néfaste à tout un peuple, en inversant les vibrations et les intentions, cette Vierge Noire deviendrait une vierge de sagesse.

Alliées et combattantes dans leurs pensées, elles luttèrent avec les épées de feu jusqu'au moment où dans une fusion d'étincelles, les mains de la statue devinrent blanches ! C'était le signe de la réussite.

Au 3e étage de la grande bâtisse, une frêle silhouette surveillait dans le silence. Lucile, éveillée et fidèle, fit de son mieux pour assister les trois faisceaux lumineux.

À la clinique du Cap, Alassane, le corps toujours dans le coma, mais le cerveau en effervescence, émettait des formes-pensées vers ses filles et Salma.

— Écoutez-moi attentivement. Nous venons enfin d'effacer la protection d'Aristide. Le temps est venu, pour

notre pays, de retrouver la liberté. J'ai vu dans le tableau du musée toute ma vie et ma mort. Lorsque vous serez enfin réunies physiquement, mon âme quittera sa forme humaine et deviendra une étoile dans le ciel.

À Saint-Louis, dans la chambre, Shana sortait d'une transe dantesque et Salma, étourdie également par l'effort surnaturel, fixait dans sa main un petit rouleau de papier d'où se dégageait une fragrance qu'elle connaissait bien. Elle commença à le dérouler quand la porte s'ouvrit brutalement.

(Plume-4) CH. 9–2

Une nuée de spectres, ressemblant à des hiboux, s'engouffrait dans la pièce dans un vacarme glaçant. Ces volatiles fantômes tourbillonnaient en émettant des sons stridents.

Le même phénomène se produisait en même temps à l'hôpital où Alassane était alité et dans le repère de Seyé.

Des revenants entraient avec violence pour contre-attaquer la tentative de destruction de la vierge.

Dans ces tourmentes spectrales, Sarah et Salma n'eurent pas le temps de sortir complètement de leurs transes que deux revenants, à l'esprit maléfique, s'imposaient déjà dans leurs pensées.

— Par la volonté Ndar, vous n'avez pas les pouvoirs d'annuler les forces vibratoires du totem de la vierge. L'espace intemporel dans lequel vous a projeté Seyé n'est que virtuel. Vous avez seulement eu l'illusion de vaincre la magie noire. Votre intervention nous a mis en alerte...
— Qui êtes-vous ! hurlait Sarah
— Nous sommes des esprits machiavéliques et cruels, les âmes maudites abandonnées par Duroy de

Chaumareys. Nous sommes l'addition de toutes les atrocités du monde, Ouhalle associée au service de l'incarnation du mal. Appelez-nous DJINNS. Vous tentez de vous en prendre aux forces du mal, mais vous n'y parviendrez pas. Nous sommes le noir absolu. Rejoignez-nous si vous ne voulez pas mourir dans d'atroces souffrances.

Les spectres quittèrent les pièces dans un dernier tourbillon de haine, les portes claquaient avec force…

— *Jamais*, hurlait Sarah, lorsqu'elle revint à elle.

Elle était échevelée, couchée en boule sur le sol.
Les paumes de ses mains lui faisaient mal. En les regardant, elle ressentait une sensation de brûlure intense.

Seyé, lui aussi revenait à lui, blotti dans un coin de la pièce et bien que hagard, observait également des brûlures sur la paume de ses mains.

Alassane sur son lit d'hôpital, Shana et Salma sur l'île Saint-Louis, souffraient aussi des brûlures de leurs mains.

— *Que s'est-il passé ?* demanda Sarah en s'adressant à Seyé.

— *Contrairement, à ce que je pensais, nous n'avons pas réussi à détruire la magie du sorcier qu'Aristide avait fait mettre en place sur la réplique de la vierge d'Orcival de son jardin. Pour le moment, il est le plus fort.*
— *Tu sais Sarah, continuait Seyé, le Marabout de ton grand-père était mon maître, c'est lui qui m'a tout appris. Au départ, je l'admirais jusqu'au jour où il a opté définitivement pour la magie noire en s'associant avec la branche totalitaire de la PJS. Moi, j'ai refusé de faire allégeance aux pratiques occultes entraînant des*

phénomènes de possession et des sacrifices humains. J'ai préféré la modération, en suivant Alassane sur la voie de la liberté. Nous pouvons dire, pour le moment, que nous avons perdu une bataille, mais pas la guerre.

— Pourquoi nos mains sont-elles brûlées ? s'inquiétait Sarah.

— Ne t'inquiète pas, les brûlures ne sont que des stigmates. Dans moins de six heures, elles auront disparu.

Sarah pensait au fond d'elle-même qu'elle avait hâte que ces plaies disparaissent, car sans l'utilisation de ses mains, elle se sentait extrêmement handicapée.

En attendant, il fallait comprendre pourquoi, malgré l'union des forces, la sorcellerie fétichisme n'avait pu être défaite.

Elle allait ouvrir la discussion avec Seyé, mais l'expérience avait été trop épuisante et une grande lassitude enveloppait ses épaules. Sarah se disait qu'il faudrait en reparler plus tard, lorsqu'elle serait moins fatiguée.

Shana de son côté se sentait plus détendue depuis que les doses de calmants avaient été réduites. Elle se levait du lit pour faire quelques pas dans la chambre, lorsqu'elle remarqua le petit rouleau de papier qui avait glissé sous le lit pendant l'intrusion des Djinns.

Elle se baissa et l'attrapa du bout des ongles pour en prendre connaissance.

C'était un petit morceau de parchemin comprenant une série de chiffres et de lettres :
160200-N/163000-O
Et les mots Sabar Fécc Tëgg ndënd
Puis Guet Ndar.

Shana se demandait ce que cela voulait bien dire, tout en poussant le petit rouleau de papier sous son oreiller.

Elle s'allongeait de nouveau sur son lit et tentait de communiquer par la pensée avec sa sœur.

La fusion orchestrée par Seyé avait finalement levé les barrières psychiques qui existaient entre les deux sœurs. La communication passait très bien entre elles deux, maintenant.

Sarah saisit du papier et un stylo et retranscrit le message que Shana lui communiquait par télépathie.
Elle tendait la retranscription à Seyé pour avoir son avis sur le contenu de ce message.
Celui-ci le déchiffra un instant, souriait et dit en se levant :

— *Chère Sarah, nous devons quitter ce lieu, nous sommes attendus.*

Chapitre 10

À peine eut-il dit cela, que les voici partis de la salle souterraine où ils avaient procédé à leur tentative infructueuse pour se débarrasser de la Vierge Noire. Sarah était épuisée, mais Séyé l'entraîna avec lui, dans les ruelles de la ville. La lueur du petit matin était légère comme le vent.

Elle ne put s'empêcher de noter que les chemins pris n'étaient pas les grandes artères, mais les petits chemins, qui, bien qu'isolés, étaient toujours remplis de monde.

> — *Pourquoi passons-nous par ces ruelles ? Et où allons-nous ?*
> — *Tu le verras assez vite. Fais-moi confiance ! Quant au parcours que nous prenons, il s'agit de ne pas se faire repérer par les hommes de la PJS.*

Elle ne posa plus de question. De toute façon, sa fatigue embuait son esprit. De plus, elle entendait la voix de sa sœur qui lui demandait de l'aide, et celle de sa mère, à peine audible. Quand la voix se faisait plus forte, elle trébuchait malgré elle, son cerveau embrumé dans des songes éveillés qui obstruaient la réalité. La pénombre du lever était sans doute aussi pour quelque chose dans cette déformation de la réalité qui l'entourait.

Lorsqu'ils arrivèrent au port de Saint-Louis, elle ne fut même pas surprise. Ni même quand Séyé se dirigea directement vers un des bateaux qui se trouvaient encore à quai. On était encore à l'aube et les bateaux de pêche étaient sur le point de partir.

Il s'adressa à un marin, sans doute le capitaine, d'un petit modèle. Son palan était de petite taille, mais la cale était d'une profondeur suffisante pour ramener une pêche raisonnable et faire vivre son équipage.

Après une discussion un peu houleuse, Séyé fit un signe de sa main et montra son avant-bras, sur lequel un tatouage figurait. L'homme aussitôt se calma et s'inclina, se retirant sans plus un mot.

— C'est arrangé, dit Séyé. Nous embarquons tout de suite.

— Nous… nous allons où ?

— Là où ta destinée te mène !

— Je ne comprends pas !

— Ce que tu as noté, et que ta sœur a reçu par la grande volonté, ce sont différents fragments de messages. Le premier sont des coordonnées. Le deuxième est un indice pour abattre la Vierge Noire, le dernier est de venir au port de Saint-Louis. Les coordonnées ne sont pas hors de Saint-Louis, mais il y a forcément une raison à cette indication, et je sais où nous devons aller. Peut-être est-ce un passage obligé pour que nous puissions libérer ta sœur et ta mère…

— Vous savez où elles sont ?

— J'espère avoir compris le message correctement, cela pourrait être le cas. Quoi qu'il arrive, nous devons y aller maintenant, car les bateaux vont à la pêche. Au lieu de louer un bateau pour faire le trajet, il vaut mieux emprunter un bateau de pêche, ce qui passera inaperçu…

— Mais le second élément ? Que dit-il ?

— J'aurai le temps de te l'expliquer le moment venu. Pour le moment, nous devons monter et nous mettre dans la cale.

— Pourquoi dans la cale ?

— *Tu ne penses quand même pas que la PJS ne surveille pas cette zone, surtout si j'ai bien compris les raisons des coordonnées…*

Après être montés dans le bateau, à l'abri des regards, Sarah reprend ses questions :

— *Pourquoi le capitaine a accepté de nous aider ? Il ne semblait pas du tout d'accord, jusqu'à ce que vous lui montriez votre bras et un signe de votre main ? Que représentent ces deux éléments ? Et pourquoi ?*

— *Comme je te l'ai dit, le Sénégal est un pays riche en religion, en communauté, en paix les unes avec les autres. Nous avons des cultes anciens qui perdurent, dans un syncrétisme naturel. Nous avons nos coutumes. Et le signe sur mon bras indique ma fonction, celle des marabouts anciens. Le signe est celui de ma communauté. Le capitaine de ce bateau est de la même communauté, et il ne pouvait refuser ma demande.*

— *Mais êtes-vous sûr que ceci va nous aider à sauver ma sœur et ma mère ?*

— *Je l'espère… Nous n'avons pas réussi, malgré le pouvoir des trois, y compris avec l'aide de ton père, à briser totalement le sort. Il nous faut aller plus loin.*

Sarah restait perplexe. Elle ne comprenait pas la logique dans tout cela.

— *Si nous savons où elles sont, pourquoi n'allons-nous pas directement là-bas ?*

— *Tu crois pouvoir affronter des dizaines de gardes armées, sans blesser personne, et encore moins ta famille ou toi ? Il nous faut de l'aide. C'est cette aide que nous allons chercher. Ainsi que des indices pour briser le sort qui aurait dû être brisé… Cette puissance nous dépasse, pour le moment. Mais avec d'autres ressources, d'autres aides, nous pourrons à la fois sauver ta famille et briser le sort…*

Voyant que Sarah n'était pas convaincue, il rajouta :

— Fais-moi confiance, Sarah ! Je sais ce que je fais ! Je ne suis pas né de la dernière pluie ! Maintenant, repose-toi ! Tu en as besoin ! Et tu dois être en pleine forme pour ce qui va suivre. D'ailleurs, demande la même chose à ta sœur, ta mère et ton père !
— Et comment fais-je cela ?
— Tu le sais déjà...

Elle s'allongea sur le plancher du bateau, et, fermant les yeux, elle se mit à penser comme elle pouvait au message qu'il lui demandait de transmettre, en plus des autres éléments qu'elle avait appris. Avec surprise, elle entendit les réponses revenir : « nous t'avons entendue ! »

(Plume-1) CH. 10–2

Le bateau arriva sans encombre de l'autre côté, face à Saint-Louis. Sarah put admirer en passant, la structure impressionnante du pont Faidherbe, un ouvrage métallique servant à relier l'île, tournant sur un axe pivot pour laisser passer les navires.

Elle fut à nouveau envahie par le bruit de la foule et l'odeur du pays, ravivant d'anciens souvenirs.

Seyé s'adressa à Sarah « il nous faut aller à l'endroit indiqué par le message : à Guet Ndar »

— Qu'y a-t-il de spécial là-bas ?
— Si je comprends le contenu du message, l'entité qui s'est manifestée nous met sur une piste. Tout porte à croire que « Sabar Fécc Tëgg ndënd » fait référence à une danse traditionnelle, la danse Sabar. Or il s'avère que dans quelques jours, une grande fête se prépare. Elle a lieu seulement tous les deux ans et dure trois jours pendant laquelle toute la population se mélange en faisant tomber

les barrières sociales. Il n'y a plus ni riches ni pauvres, ni vieux ni jeunes, tous se retrouvent et célèbrent la grande lune. Nous devons maintenant repérer l'endroit le plus favorable pour entrer en contact avec notre mystérieux soutien.

— C'est très obscur pour moi.

— Je comprends, tu as encore tant de choses à apprendre. D'ailleurs, nous profiterons de ce temps de divertissement pour que tu apprennes à maîtriser tes pouvoirs.

Tandis qu'ils parlaient, ils continuaient à longer des rues et des ruelles. Ils aboutirent sur une place où quelques habitants sirotaient le thé, assis sur des bancs en bois calés contre les murs blancs. Ils longèrent quelques maisons lorsqu'un cri strident les fit s'arrêter.

Une vieille femme à la peau brune et ridée, les cheveux attachés dans le dos, pointait un doigt vers eux en étouffant d'autres cris.

Seyé vint la rejoindre craignant qu'elle ne les fasse repérer. Sarah suivait quelques pas en arrière.

— Vous ! C'est elle ! Elle !! Argh...

La vieille femme sembla avoir un malaise et s'effondra. Seyé mit à temps un bras sous elle et put amortir sa chute.

— Va vite chercher un verre d'eau !

Sarah pénétra dans la maison, et se dirigea à l'aveuglette vers le coin-cuisine. Quand elle revint, Seyé maintenait la vieille femme assise. Elle avait ouvert ses yeux, mais quand elle revit Sarah, elle eut un violent soubresaut.

Seyé, la maintint fermement et de sa main fit pression dans son dos, sur un point précis. Elle eut l'air de reprendre son souffle, mais son regard était rempli de crainte et de stupeur.

Seyé lui parlait à voix basse, à son oreille, Sarah ignorait si c'était une incantation ou des paroles rassurantes, mais ce qu'elle constata c'était qu'elle reprenait des couleurs.

— *Expliquez-nous ce qui vous effrayait à ce point ?!*
— *Je... Je l'ai vue. Dans une de mes visions, je l'ai vue ! Elle renversait une grande statue noire et le visage de mon défunt mari se tordait de douleur sous les flammes noires. Pourtant c'est un très grand sorcier, redouté par tout le peuple, mais dans ma vision, il criait et hurlait. Qui est-elle ? Que lui veut-elle ?*

Seyé se tourna vers Sarah, la mine grave, mais tout son corps exprimait le soulagement.
« Nous avons trouvé notre aide... »

Chapitre 11

(Plume-2) CH. 11–1 (Adja – Yai Koufdia, sorcier)

La vieille dame, Adja, fut secouée de pleurs. Trop de souvenirs, de menaces, l'assiégeaient.

Spontanément, sans réfléchir, Sarah la prit dans ses bras et se mit à la bercer.

Adja reprit peu à peu ses esprits.

> *— Partez, je vous en prie, je risque gros si l'on me surprend en votre compagnie.*
> *— Allons à l'intérieur, dit Sarah, nous avons besoin de vous. Vous êtes notre planche de salut. La seule !*

Une fois en sécurité, ne fut-elle que temporaire, Adja leur servit un jus de Bissap afin de retrouver un peu d'énergie. Le silence se fit pendant ce rituel.

Ensuite, Adja commença à parler.

> *— Il y a beaucoup de choses que vous savez déjà. Je vous suis aussi depuis longtemps, dit-elle en regardant Sarah. Je savais que, par votre esprit et celui de votre sœur, viendrait l'anéantissement de mon mari, Yai Koufdia, sorcier. C'était il y a longtemps… Nous habitions un tout petit village quand il eut la révélation de son état, de sa puissance, de sa domination sur le monde par le monde occulte. Les visions l'assaillaient durant les nuits de pleine lune. J'étais à ses côtés, témoin silencieux des atrocités qui le ravageaient par ce qu'il entrevoyait. Une partie des notables faisant partie du gouvernement voulait l'abolition de la sorcellerie au Sénégal afin d'en faire une suprématie d'où il serait aisé d'écouler différents trafics. Mais cela, vous le savez déjà. L'amour de Yei pour son peuple fut réduit à néant. Il a voulu s'interposer, détruire*

la PJS. La sorcellerie s'est retournée contre lui, aussi grand marabout qu'il soit. La Vierge Noire, celle dont il se rebelle depuis sa naissance, est invincible. Dès qu'il luttait contre elle à force de maléfices et d'incantations, de jeûnes et de prières, son pouvoir diminuait, avec comme conséquence l'abolition de nos raisons d'être au Sénégal, de nos coutumes ancestrales. Yai, le Marabout de la bonté, fut soumis au silence par des forces supérieures à la sienne et s'est réincarné en Dieu du Mal ! Vous êtes arrivées, vous et Shana, revendiquant à nouveau le Bien. Vos deux présences, la vôtre et celle de votre sœur, Shana, ont tout bouleversé. Le Dieu du Mal se confrontait à ses propres limites en vous affrontant. Il avait réussi à maintenir votre grand-mère et sa fille sous son joug, à étouffer leurs désirs d'une société sénégalaise propre. Votre mère était faite pour une vie banale, Sarah, pas pour une revendicatrice des torts ! Il a voulu tuer votre mère avant votre naissance pour vous empêcher d'agir, mais votre grand-père l'a prise sous son aile en raison de son amour filial. Vous avez pour une première fois presque réussi à détruire le pouvoir de la Vierge Noire ! Nul doute que vous réussirez la deuxième fois… Vous êtes de plus en plus forts, vous et votre entourage, murmura-t-elle en regardant Seyé. Mais à quel prix, Sarah ! Votre mort et celle de votre sœur ! Laissez Yai Koudia tranquille là où il se trouve, je vous en conjure. Par sa chute, son pouvoir s'est décuplé. Il est condamné à errer et à détruire. Une infime partie de lui veut encore le Bien, mais je ne sais pas combien de temps il survivra à cela. Fuyez Sarah, laissez retourner Shana dans les limbes. Votre mère ne gardera aucun souvenir de vous deux ! C'est écrit.

— *Jamais !* intervint Sarah pâle comme la mort. *Je me moque de mourir pour le salut de mon peuple. Shana pense pareil, je le sais. Elle est en moi depuis que vous avez commencé à parler. Elle est en moi sereine et calme et me dicte mes paroles. Nous sommes deux et beaucoup plus encore contre Yai. Nous le vaincrons, lui et sa cohorte de malfrats. Nous abattrons la Vierge Noire.*

— Je vous aurai prévenue, ce sont vos derniers instants à vivre.

Une fumée blanche s'enroulait autour d'elle. Une jeune femme albinos se tenait très droite les regardant elle et Seyé.

La jeune femme avait l'air grave et triste. Elle commença à parler d'une voix douce.

— Durant les festivités du carnaval de chaque année se déroule le défilé du Simb. Un homme déguisé en lion évolue au milieu de la foule sur fond de tam-tam, de danses et de chants. D'ordinaire, il opère pour l'unification des Clans. Cet homme invite le peuple à remercier les marabouts de notre pays. Il s'agit d'un membre de la population choisi par hasard au cours de la cérémonie du Nouvel An. Actuellement, il croupit dans une cave et disparaîtra dès la fin de la cérémonie. À sa place se trouve le Dieu du Mal afin de répandre le sang et l'horreur sur toute la population. La réincarnation de la Vierge Noire. Ce Dieu puissant, irréel, secret, n'a aucune matérialité. Il vogue dans les abîmes.

La femme aux yeux rouges s'arrêta. Elle regarda Sarah, Seyé.

Sarah fit un signe de tête attestant qu'elle avait compris qu'elle savait et comprenait sa destinée.

— Allez, combattez La Vierge Noire pendant la cérémonie. Après, ce sera trop tard. Je vous donne à toi et Shana mes pouvoirs surnaturels pour accomplir cette tâche. Vous êtes femmes marabouts détentrices des pouvoirs de la Magie blanche. Agissez !

Agissez !

Ce mot, hurlé si fort, la réveilla.

Les membres engourdis, l'esprit encombré par une émotion palpable, une tension fiévreuse martelant ses tempes, elle ouvrit avec peine les paupières sur des yeux gonflés par un sommeil agité.

Son premier regard se posa sur le livre, grand ouvert, gisant sur le sol du salon.

Il avait glissé de ses mains et entre ses doigts serrés, elle tenait le marque-page étoilé ramené dans le maigre butin de son village natal.

Agissez !

À nouveau, cet impératif la tira du délire cynique dans lequel elle commençait d'émerger.

Le titre de l'ouvrage, « Les sœurs jumelles », s'inscrivait en lettres de feu au tréfonds de son âme.

Elle leva avec raideur la tête endolorie, elle tenta dans la pénombre de déchiffrer l'heure. Les aiguilles de l'horloge murale se trouvaient sur 4 h et la trotteuse décrivait des cercles rapides et endiablés.

Sarah était étendue sur le canapé, les rayons de la pleine lune s'étaient fixés sur les pages du livre, comme pour décoder chaque mot.

Elle tendit une main et dès que ses doigts prirent contact avec celui-ci, tout lui revint.

La veille, harassée par sa journée de répétition en vue d'un concert, elle était rentrée, et sans dîner, elle avait repris la lecture du recueil « Les sœurs jumelles », sous-titré « Vierge Noire et Magie blanche » d'Alassane Seyé.

Agissez !

Ce mot l'agrippa à nouveau dès qu'elle referma le livre.

Il lui semblait ne pas être étrangère à cette fiction, comme un témoignage survolant les temps.

Dans sa petite maison cachée par les arbres, nichée au centre de la France, quel destin la guettait ?

L'héroïne de ce roman portait le même prénom, Sarah.

Que de questions, que d'interrogations, que d'intrigues la harcelaient dans cette épopée qui se déroulait au Sénégal. Elle, qui avait occulté son court passé douloureux, vécu justement dans ce pays qui l'avait vu naître.

Agissez !

Un éclair intense et un roulement de tonnerre éclatèrent devant ses yeux ébahis.

Et là, debout, face à elle, se matérialisa son autre moi.

— Je suis Shana, ta sœur jumelle. Prépare-toi à voyager, apprête-toi à rencontrer des membres de ta famille…

Le calme de la nuit revint aussi subitement qu'il s'était évaporé.

Un souffle glacial avait tourné les pages et l'une d'elles, le chapitre 11–2, s'arracha et se retrouva dans sa main.

Est-ce la virtuosité de l'auteur ? Une phrase bouleversante, dans un halo de lumière, agrippa son regard.

« Tu es arrivée au chapitre essentiel, le déroulement de ta vie va prendre un tournant et la destinée va nous lier » lui répondit Alassane.

Est-ce la théorie de sérialité qui va se réaliser dans les années prochaines ?

C'était une nuit où la lune parle et murmure aux âmes jumelles dans sa clarté blafarde…

Agissez !

(Plume-4) CH. 11–3

Effectivement Sarah était déterminée à agir...

Mais pour agir, il lui fallait avoir un plan, une organisation, tracer des actions et des perspectives.

Sarah, allongée sur le lit, les yeux fixés au plafond, tout en réfléchissant, se concentrait sur la vision de sa jumelle. Sans qu'elle sache comment cela avait pu arriver, elle se retrouva physiquement dans la chambre où Shana était endormie au côté de Salma leur mère.

Toutes deux dormaient à poings fermés.

Sarah se pinça légèrement pour vérifier qu'elle ne rêvait pas, elle ressentit une légère sensation de douleur.

Non ! Elle ne dormait pas et se trouvait bien dans la chambre de sa mère et de sa sœur.

Perplexe, elle regarda autour d'elle. À la lueur de la lune, elle vit un verre sur une des tables de chevet. Elle s'en approcha, puis tenta de saisir l'objet.

À sa grande surprise, sa main traversa le verre sans matérialisation concrète.

Sarah venait de découvrir qu'elle possédait le don d'ubiquité sous la forme d'un hologramme, alors que son corps restait au point de départ.

Ce don venait certainement de la femme albinos qui lui avait donné ses pouvoirs pour l'aider à vaincre les ténèbres du clan des sorciers.

Se concentrant maintenant sur son retour, elle se sentit happée brutalement et réintégra son corps allongé sur son lit.

Sarah maîtrisait maintenant trois dons essentiels : la télépathie, la préscience divinatoire et l'ubiquité.

Seyé avait promis de lui apprendre la science des herbes et des poisons, ce qui compléterait ses atouts.

Elle se sentait pour le moment, comme une gamine découvrant ses cadeaux, au pied du sapin, un matin de Noël... excitée comme une puce.

Elle avait hâte que le jour se lève pour montrer tout ça à son ami Seyé.

Cependant, elle était épuisée. Elle s'endormit très rapidement...

Pendant que Sarah vivait toutes ces aventures, le même jour, dans la maison familiale où habitaient ses grands-parents, une certaine effervescence avait animé la maisonnée.

Aristide-Honoré avait donné des ordres pour qu'on retrouve ses petites filles et leur mère.

Il ne décolérait plus, depuis qu'elles avaient disparu avec la rançon.

Cet argent sorti de ses contrebandes ne lui manquait pas vraiment, mais il voulait retrouver les kidnappeurs, pour faire un exemple.

Bien entendu, il ignorait que sa propre femme était dans le coup, sans quoi, il aurait exercé, sur elle, des pressions de sorte qu'elle lui aurait dévoilé le secret.

Ce matin-là, au téléphone, N'Yaccamba, lui avait annoncé la mort de son père Yai Koufdia.

Expliquant aussi qu'il était à la recherche sa mère Adja dans tout Saint-Louis, parce qu'elle avait perdu la raison depuis la disparition de Son Mari Yai.

Puis N'Yaccamba avait dit que la vierge-totem avait fait l'objet d'une attaque, heureusement sans conséquence sur la protection installée par son père.

C'était depuis cette offensive, que les forces du sorcier s'étaient affaiblies, au point d'en mourir.

Bien que N'Yaccamba ait certifié que tout était sous contrôle, puisqu'il reprenait la suite de son père, doté de tous les pouvoirs que Yai lui avait transmis avant de succomber définitivement, Aristide avait pourtant entendu dans la voix du jeune sorcier un voile d'inquiétude.

Il avait alors exigé qu'il vienne le rejoindre au plus vite pour en discuter ailleurs qu'au téléphone.

Cette conversation téléphonique lui laissait d'ailleurs un sentiment amer, comme l'impression de la présence d'une ombre ou d'un danger masqué.

À midi, il avait pris son déjeuner assis face au jardin, le téléphone vissé à l'oreille, il avait distribué les tâches pour ses lieutenants de la PJS, ordonné de nouveau que l'on retrouve les membres de sa famille, dans les plus brefs délais, puis abordé les sujets liés au bon fonctionnement de ses affaires et enfin discuté les nouvelles de la politique sénégalaise.

Aristide voulait organiser un rendez-vous avec l'un des conseillers du président pour discuter des modalités applicables aux prochaines élections. Le vieil homme s'imaginait bien pouvoir influencer les instances dirigeantes du pays.

Ces modalités de réélection, il le savait, ne se feraient pas sans un minimum de corruptions et de chantages. Il devait, dès à présent, se positionner sur l'échiquier.

Maintenant la cloche de la porte retentissait.

« N'Yaccamba arrive enfin », se dit Aristide en son for intérieur.

Abandonnant la fin de son déjeuner et la conversation téléphonique en cours, il se leva et fit entrer le jeune homme au salon.

Aristide lui indiqua un fauteuil et engagea la conversation avant même que le jeune sorcier n'ait eu le temps de s'asseoir.

— Que s'est-il passé au sujet de la vierge du jardin ?

— Il y a eu une tentative pour rompre la puissance protectrice de celle-ci. Cela aurait pu devenir un drame, si mon père n'avait pas déployé, au péril de sa vie, les forces maléfiques pour contrer l'action de destruction engagée.

— À vous entendre, tout est rentré dans l'ordre. Les attaquants sont-ils anéantis ? Ceci ne se reproduira plus ?

— Ce n'est pas aussi simple que ça.

Lors de l'attaque du totem protecteur, mon père et les forces des ténèbres ont dû lutter contre quatre entités métapsychiques fortes. D'après ce que j'ai compris, mon père disait avoir ressenti la présence d'autres personnes plus faibles, mais il n'avait pas réussi à les identifier.

— Que dites-vous ?

— Ce n'est pas tout. Voyez-vous, Alassane et l'une de vos petites filles ont réussi à retourner la force mordante du serpent contre nous.

— Avez-vous d'autres mauvaises nouvelles à m'apporter ?

— Oui ! Il y a quelques jours, nous pensions avoir neutralisé cet homme en lui lançant un sort au musée. Ce n'est pas le cas. Si physiquement il est dans le coma, je soupçonne son aura psychique d'être encore très active. Nous avons peut-être négligé les pouvoirs d'Alassane.

Ce que venait de lui révéler N'Yaccamba agaçait Aristide au plus haut point. Lui, qui se pensait invulnérable sous la protection de la vierge-totem, refusait le moindre risque pouvant entraver ses ambitions.

Il reprit la conversation sur un ton, qui malgré lui, montrait son agacement.

— Que proposez-vous pour remédier à cela ?
— Il serait préférable de réduire les intervenants.
— En effet... murmura Aristide.

Aristide regardait le jeune sorcier du coin de l'œil.

— *Vous vous sentez assez fort pour relever le défi ? Alors vous avez carte blanche pour éliminer les gêneurs. Je ne veux rien savoir de vos agissements. Mais, prenez garde d'épargner la vie des miens.*

— *J'entends votre requête. Pour Alassane, mes hommes feront le nécessaire. Pour vos proches, ce sera plus compliqué. Voyez-vous, sauf les persuader de travailler avec nous, les forces réunies par les détenteurs du don peuvent vaincre et anéantir les pouvoirs de la vierge et ceux de leurs ensorceleurs, y compris votre personne et votre empire. En négligeant ces puissances, vous prenez de gros risques. Mais il sera fait selon vos désirs.*

— *Je l'entends ainsi, conclut Aristide en se levant pour raccompagner le sorcier.*

Lucile, cachée dans un coin sombre du couloir n'avait pas manqué une seule parole de l'entrevue. Elle se sentait rassurée sur les sentiments de son mari pour leurs filles et leurs petites filles. Le caractère mafieux de ses affaires la mettait en colère, mais si Aristide s'en était pris à sa descendance, Lucile aurait été capable de le tuer de ses propres mains. Heureusement, pour elle, son époux avait encore une once de conscience familiale.

Lucile méprisait ses agissements, mais il avait été, dans l'ensemble, un mari et un père attentionné, sauf lorsqu'il exigeait connaître des informations sur le futur. Dans ces moments-là, il la harcelait jusqu'à l'épuisement des personnes, quelles qu'elles soient.

Lucile le regardait descendre l'allée en compagnie de cet homme maléfique, dont les ondes psychiques laissaient derrière lui comme une nuée sombre. Lucile se rappelait qu'à chaque fois qu'elle apercevait son père Yai, des alarmes retentissaient dans sa tête, aujourd'hui il en était de même avec le fils.

Elle devinait N'Yaccamba dangereux, mais elle ignorait à quel point il l'était.

Devenu Grand Sorcier, formé depuis l'enfance aux pouvoirs sataniques, N'Yaccamba, comme son père, vouait sa vie au malin. Bel homme d'une trentaine d'années, aux yeux perçants comme le serpent. Lorsque l'on rencontre ce genre de sorcier, pensait-elle, il valait mieux baisser les yeux pour être certain de ne pas croiser son regard.

Elle le croyait apte à tuer d'un seul claquement de doigts. Il faudra s'en méfier, marmonna-t-elle entre ses dents.

Lucile se faufilait maintenant, discrètement dans l'escalier, car son mari rebroussait chemin pour revenir vers la bâtisse...

De retour dans le salon, Aristide réfléchissait sur le moyen de retourner la situation à son avantage, sans mettre la vie de sa fille et celles de ses petites filles en jeu.

Dans le jardin, loin des oreilles indiscrètes de sa femme, il avait donné au sorcier, des instructions claires. Personne ne devait gêner ses ambitions, même pas sa propre famille. Trop d'enjeux étaient engagés pour laisser la place aux sentiments.

Pour la sauvegarde de son monde mafieux et de ses ambitions, Aristide était prêt à tous les sacrifices, même celui des personnes de son entourage.

Chapitre 12

(Plume-5) CH. 12–1

Au petit matin, Seyé lui présenta quelques livres, mais, plutôt que de les lui laisser lire, il alla directement aux pages les plus importantes, concoctions de différentes mixtures, aux effets mortels ou simplement soporifiques, y compris une mixture dont les effets étaient proches du pentothal, un sérum de vérité, mais psychique au lieu d'être uniquement chimique. La potion certes engluait l'esprit de celui qui la buvait, mais c'était la force mentale de l'inquisiteur qui donnait réellement les effets. Grâce à ses dons de télépathie, elle pourrait devenir une inquisitrice plus qu'efficace avec l'aide de cette potion.

Seyé avait déjà préparé plusieurs de ces potions et ils se répartissaient les fioles, selon les usages possibles. Elle remarqua qu'il gardait pour lui la plupart de celles qui étaient mortelles. Elle lui en fit la remarque.

— Je ne pense pas que vous soyez prête à assumer la mort d'autrui, sauf pour défendre votre vie immédiate ou celle des membres de votre famille. Hélas, je crains que nous ne puissions nous contenter de cela, répondit Seyé, tout en lui faisant signe du départ.
— Où allons-nous ? demanda Sarah.
— Là, où votre destinée vous conduit…

Elle comprit que le vous n'était pas un vouvoiement, mais un vous pluriel englobant plusieurs personnes.

— Nous allons à la fête du carnaval. Nous allons affronter la réincarnation de la Vierge Noire, déguisée en

lion. Le combat risque d'être rude… Vous devez à nouveau être unis.

Il ne lui en fallut pas plus pour, tout en marchant et suivant Seyé, se mettre en connexion mentale avec sa sœur, sa mère et son père, toujours dans le coma, mais étrangement accessible.

— *Nous allons devoir passer à l'action et unir nos forces. Je serai votre fer de lance, de par ma position.*
— *Tu seras notre vecteur,* répondit Shana.
— *Tu prends un gros risque,* ajouta Alassane.

Sa mère restait silencieuse. Trop silencieuse…

— *Maman, pourquoi ne dis-tu rien ?* demanda Sarah.

Un temps, assez long, silencieux, emplit l'espace mental de tous les connectés. Enfin, Salma prit la parole, d'une voix, qui, si elle avait été audible naturellement, aurait été une voix d'un froid terrible, celui de la mort et de la peur.

— *Mon père ne nous laissera pas agir. Il fera tout pour nous en empêcher. Il ne reculera devant rien !*
— *Nous sommes sa descendance, il n'osera pas,* répondit Shana.
— *Moi, par contre, il n'hésitera pas un seul instant, et je suis sans défense,* ajouta Alassane.
— *Non, vous ne comprenez pas. Ma mère croit encore à la lumière dans votre grand-père, mais moi, je le sais, il ne reste plus rien, rien que le côté sombre. Son association avec les mages obscurs le prouve. C'est pour cela que nous avons décidé de nous extirper de son influence. Mais je n'avais pas prévu ta venue, Sarah !*
— *Tu regrettes ma venue ?* cria presque Sarah.
— *Non, pas du tout ! J'en suis heureuse. Mais maintenant, il nous faut prendre encore plus de*

précautions. Pour le moment, Shana et moi sommes protégées. Mais ton père ne l'est pas…, répondit Salma.

Sarah s'arrêta net sur le chemin. Seyé s'en aperçut au bout d'une dizaine de pas. Il se rendit compte que Sarah n'avançait plus. Il lui faisait signe de le suivre, mais elle ne bougeait toujours pas. Il se rapprocha, en colère.

— Sarah ! Il est urgent que nous partions !
— Non ! Mon père est en danger ! Nous devons d'abord le mettre à l'abri. Mon grand-père va tous nous tuer. Et il va commencer par Alassane… Je ne peux pas laisser faire cela !
— Mais nous allons être en retard au défilé !
— Ma décision est prise ! Soit tu m'aides, soit tu passes ton chemin et tu fais ce que tu veux !

Devant l'attitude ferme et décidée de Sarah, Seyé fit la grimace, puis reprit.

— Je suppose que tu es en communication avec toute ta famille ?
— Oui, c'est exact, répondit courtement Sarah.

Seyé se tapa sur le ventre, puis replongea ses yeux dans ceux de Sarah.

— Cela ne peut pas être un hasard ! Nous allons donc suivre ton intuition. Je pense que c'est une erreur. Mais ta détermination me fait espérer que je me trompe. Nous savons où il est. Mais nous allons devoir le sortir de l'hôpital où il est sous bonne garde.
— Et ?
— Eh bien, nous allons devoir attaquer… et nous défendre.
— Qu'il en soit ainsi !

Sa sœur, sa mère et son père avaient répondu la même chose dans sa tête simultanément ses mots adressés à Seyé. Ils reprirent la route, mais dans une direction différente, celle de l'hôpital...

(Plume-1) CH. 12–2

Seyé se mit à part quelques instants dans le coin d'une ruelle, Sarah l'entendit discuter à voix basse. Il donnait des ordres, mais il était loin, elle ne pouvait saisir ses paroles.

Elle sourit et se concentra pour obtenir ce qu'elle voulait savoir en utilisant un de ses autres pouvoirs. Elle fléchit la courbe du temps comme pour rembobiner une bande-son et dans sa tête, s'imprimaient des voix. Elle put entendre à nouveau la conversation.

> — *Je veux deux hommes tout de suite à l'hôpital*
> — *...*
> — *Je ne veux rien savoir, débrouillez-vous pour vous positionner, nous arrivons.*

Sarah devina qu'il avait dû donner ses instructions à des membres de son clan. Cette partie du pouvoir que détenait Seyé lui était inconnue. Il semblait être doté de cette autorité naturelle qui transparaissait dans ses directives, trahissant sa position hiérarchique élevée.

Une voiture aux vitres teintées les attendait au coin de la rue, ils y montèrent, et sans bruit, elle glissa à travers les rues de la ville.

Tandis que le paysage défilait, Sarah essaya d'entrer en contact avec Alassane.

> — *Papa, nous arrivons. Tiens-toi prêt.*
> — *Sarah, méfie-toi, je sens des présences maléfiques qui s'approchent. Elles ont de mauvaises intentions.*

— Je crois papa qu'elles veulent s'en prendre à toi. Es-tu capable de te déplacer ?

— Non Sarah, je suis toujours emprisonné par cette bulle qui paralyse mon corps.

— Attends.

Sarah appela, à son aide, les autres membres de sa famille. Les femmes tinrent un conciliabule rapide et optèrent sur une stratégie commune.

— Papa, nous allons essayer de te faire sortir de cette prison mentale.

Sarah se tint immobile et se concentra en réunissant 20 % de ses forces psychiques. Associée à Shana et Selma, elles se glissèrent sur place. Tandis que les deux femmes découpaient par tronçon les masses visqueuses autour du corps d'Alassane, Sarah introduisit un doigt, puis deux doigts, ensuite la main et finalement tout le bras. Elle tâtonna à l'aveugle à la recherche d'un moyen pour saisir Alassane.

Elle sentit une main l'agripper et eut un sursaut, mais la pression qui se voulait rassurante la calma et elle sut que c'était Alassane.

— Je vais compter jusqu'à trois et au bout de trois, nous augmenterons nos énergies mentales pour détruire complètement ce mur.

« Un… deux… TROIS !! »

Un bruit comme un plomb qui sautait, retentit à leurs oreilles et tel un papillon sortant de son cocon, Alassane apparut devant leurs yeux. Les murs se désagrégèrent sous forme de fils de coton et se recroquevillèrent en boule, se tordant en un sifflement odieux et grisâtre.

Sarah serra dans ses bras Alassane et l'emmena au-dehors retrouver Shana et Selma. Les retrouvailles furent de courte durée, une secousse, cette fois-ci dans le monde réel, tira Sarah de sa transe.

— Nous sommes arrivés, dit Seyé.

Ils entrèrent dans le hall et Seyé, sans hésitation, tourna à droite dans le couloir. Il savait apparemment où se diriger.

Au détour d'un couloir, il plaqua Sarah contre le mur, et fit de même.

Elle entendit des pas s'approcher.

Trois hommes venaient dans le sens inverse. Sarah étouffa un cri, Alassane était solidement tenu entre deux colosses derrière un homme plus grand. Ils allaient passer devant eux et ne manqueraient pas de les croiser.

Seyé mit un bras rassurant sur l'épaule de Sarah et d'un doigt lui fit signe de se mettre au combat en tapotant sa tempe.

Sarah hocha la tête pour lui signifier son assentiment.

Elle ferma les yeux et se concentra, Seyé faisait de même. Ils unirent leur force et un écran d'invisibilité se mit en place juste au moment où les quatre hommes pénétraient dans leur champ de vision.

Fronçant les sourcils, Sarah, d'une pression de la main indiqua à Seyé qu'elle allait mener l'offensive. Il donna son accord télépathiquement et tous deux visualisèrent un mur afin de gêner la progression du groupe.

Il y eut le bruit d'une grande chute, des jurons proférés à haute voix, des cris et du remue-ménage dans le couloir.

Quand ils redressèrent la tête, Sarah et Seyé virent une mêlée faite de bras et de jambes. Deux autres hommes en costume noir les avaient rejoints et tenaient en joug les trois hommes. Sarah se précipita et prit Alassane par la main. Seyé quant à lui, s'était approché et distribua les ordres, les deux hommes emmenèrent avec eux les trois prisonniers.

(Plume-2) CH. 12–3

— Ceux-là sont hors d'état de nuire, affirma Seyé avec satisfaction. Ils se sont volatilisés dans l'atmosphère. La Vierge Noire vient de perdre trois de ses membres éminents.

Le chiffre trois, constata-t-il pensivement en regardant Sarah.

Cette dernière aurait-elle la force de contrer la Vierge Noire sans la présence de sa mère et de sa sœur effective auprès d'elle ?

Combien de temps lui restait-il à vivre ?

Cela demeurait des inconnus pour Seyé.

— Il nous faut continuer, dit-il d'une voix forte en regardant Sarah. Le plus difficile reste à venir ! Combattre sur le lieu même du carnaval sans commettre de crimes contre la population. Appelle ta mère et ta sœur près de toi ! L'Alliance des Trois !

— Je ne parviens plus à les joindre, rétorqua Sarah, affolée. Mon esprit s'en va ailleurs !

— Reviens ! C'est un ordre !

La Vierge Noire contre-attaquait !

Une musique étrange s'éleva.

Un mélange de guitare, de tam-tam, de djembé agrémenté de chants qui n'étaient pas sans rappeler le reggae.

Sarah, ondulait yeux fermés, entraînée par le rythme.

Sensuelle et douce, elle semblait transportée dans un autre monde. Elle se métamorphosa en fleur géante dont la tige s'enroulait autour du cou d'Alassane soumis lui aussi à l'envoûtement. Avec ce dernier, elle se frayait un chemin arc-en-ciel vers Seyé, sidéré.

Un rire démoniaque se répercutait le long des murs avec un écho glaçant toute tentative de l'ignorer.

— Sarah ! Stop ! hurla Seyé tout en l'inondant de rayons lumineux.

Celle-ci reprit immédiatement ses esprits.

Hébétée, elle regarda pitoyablement Seyé. Elle sentait le danger partout, omniprésent. Sa chair lui faisait mal, ses articulations étaient douloureuses par la tension qui régnait en elle.

Un combat sans merci où sa fin était programmée.

Par ses forces mentales, par ses pouvoirs surnaturels, par la volonté d'aider son peuple, elle réussit à taire l'angoisse qui la taraudait.

Avec les forces divinatoires, occultes, intemporelles, prédisant les événements à venir, elle rejoignit l'esprit de sa sœur et de sa mère.

Désormais, elles étaient Une en Trois.

Cependant, les forces maléfiques continuaient leur œuvre. Une fumée bleue se répandait dans l'hôpital, embrumait les couloirs et rendait presque impossible la vision au-delà de trois mètres.

Toujours le chiffre trois !

— Vite, ordonna Seyé, nous devons nous rendre sur le lieu du carnaval. Maintenant ! Vos pouvoirs surnaturels pourraient diminuer ! Je te distingue de plus en plus faiblement. Shana et ta mère m'apparaissent incomplètes, ce n'est pas normal.

À ces mots, la terre commença à trembler. Un mur entier de l'hôpital s'effondra révélant un paysage apocalyptique.

Des hommes, des femmes et des enfants sur le chemin de l'exode, les suppliaient d'agir, de contrer le sort que le Mal leur réservait.

La musique se fit plus fort encore.

Le ciel était noir, zébré d'éclairs fluorescents.

Chapitre 13

(Plume-3) CH. 13–1

Après la page arrachée et le chapitre essentiel, Sarah dans une concentration intense, reprit le cours de sa lecture. Captivante, intrigante, là, se dévoilait une destinée hors de la vie du commun des mortels. Cette nuit se terminerait dans les pages « Les sœurs jumelles ». Aux prémices de la douce lueur d'une journée qui naissait, elle était arrivée au chapitre où Sarah se sauvait avec Alassane de l'hôpital et dont les murs s'ébranlaient.

Elle déposa délicatement son livre ouvert sur la table du salon.

L'horloge affichait alors 6 heures. C'était le moment de sa méditation quotidienne. Le sungazing lui inspira, ce matin, de rester en alignement avec qui elle était. Dans le féminin sacré et le divin masculin, les premiers rayons de lumière du soleil réveillèrent en elle la guerrière de vérité.

La musique Mbalax au rythme du Sabar résonnait en elle. Il donnait à ce morceau toute l'amplitude d'une véracité édifiante.

Ressentant de plus en plus d'affinités avec l'héroïne du roman, elle sortit de sa profonde séance matinale.

Le carillon shanti, pendu sous l'auvent de sa bicoque, tinta légèrement dans la légère brise qui se soulevait au même instant où son portable se mit à vibrer. Un signal de détresse la fit émerger complètement de son état de sérénité.

Un SMS s'affichait sous son regard hagard.

La journée s'annonçait harassante. Allait-elle, aujourd'hui se rendre à ses répétitions où aller jusqu'à Orcival afin de voir la Vierge Noire !

Un éclair intense zébrant le ciel et quelques gouttes de pluie réveillèrent et dessinèrent dans l'air pur du matin un arc-en-ciel. Un signe ou un appel ? Sa décision était prise.

Une mission, un sacerdoce lui étaient imposés…

(Plume-4) CH 13–2

Un sacerdoce ! Plutôt une mission suicide… pensa Sarah en passant sa main dans ses cheveux.

L'arc-en-ciel irisa soudainement la pièce de ses couleurs intenses. Le spectre de lumières s'intensifia jusqu'à devenir blanc éblouissant.

Sarah se sentit aspirée par l'arc étincelant qui prenait racine sur la page du livre, laissé ouvert sur la table. Elle glissait dans un monde parallèle et se retrouvait de nouveau dans l'univers apocalyptique de l'hôpital.

Sarah, Seyé et ses hommes quittèrent les lieux devenus inhospitaliers pour rejoindre la cache de Saint-Louis.

Alassane, sans aucune force physique, était littéralement porté par ses sauveurs. Il était très affaibli par l'état de paralysie qu'on lui avait imposé.

Maintenant il devait récupérer son énergie et se remettre de ce mauvais moment.

La demeure, où se cachaient Salma et sa fille, donnait directement sur la mer. Elle se situait très à l'écart du village, dans une propriété de la famille de Seyé.

Alassane se trouva installé dans l'une des nombreuses chambres de la bâtisse.

Seyé ordonna que tous les soins nécessaires lui soient prodigués pour un prompt rétablissement. À commencer par un bon repas et une bonne douche.

Maintenant qu'Alassane était de retour et que toutes les forces étaient regroupées dans la cache de Saint-Louis, il était temps de mettre au point une véritable stratégie pour combattre une seconde fois la vierge protectrice des forces du mal.

Le groupe n'avait que 72 heures pour mettre au point un plan et articuler la prochaine destruction du totem protecteur, clé de voûte d'un monde infernal.

Et le temps était déjà décompté puisque la fête avait commencé.

Seyé pensait qu'il était hasardeux de se lancer dans une attaque d'envergure sans réelle préparation, mais d'un autre côté il était temps d'agir puisque l'occasion s'en présentait avec les trois jours de fête.
Il savait également que pendant cette période, tous les grands sorciers étaient happés par les transes rituelles et donc moins disponibles au combat.

Pour l'instant, Sarah et lui se dirigeaient vers la fête pour faire les premiers repérages.

Plus ils s'approchaient des sons des tam-tams, des djembés et des chants, plus Sarah semblait étrange.
Elle tremblait légèrement et des gouttes de sueur perlaient sur son front.
Seyé l'observait discrètement et mesurait, connaissant bien lui-même les symptômes, la vitesse à laquelle elle passait en état de transe.

Sarah se sentait de nouveau happée par la musique. Il était clair que cette dernière provoquait chez elle une sorte de bulle hypnotique qui l'entraînait vers une incontrôlable chorégraphie. Elle effectuait contre sa volonté, des sauts au rythme de la danse Sabar en poussant des cris dans une langue qu'en réalité elle ne maîtrisait pas.

Seyé comprit qu'il était urgent de l'éloigner de la musique pour qu'elle puisse retrouver ses esprits.

Les yeux révulsés, Sarah ne se rendait plus compte de ce qui l'entourait, elle était, face au lion, engagée dans un combat d'envoûtements et de métamorphoses avec l'enjeu de sa vie, épreuve dont elle espérait sortir victorieuse.

Lui parler ne servirait à rien, se dit Seyé.
Sarah n'était plus dans la réalité.
Seyé entreprit alors de sauter au même rythme qu'elle, la tenant par la main tout en l'attirant à chaque saut un peu plus à l'écart du bruit.
Il comprenait en la regardant qu'elle possédait un pouvoir bien plus puissant qu'il n'y paraissait. Sans le savoir, Sarah avait l'étoffe des grands sorciers.

La manœuvre réussie, peu à peu Sarah revenait à elle.
Échevelée et hébétée, elle se demandait, en ouvrant les yeux, où elle pouvait bien se trouver, lorsque le son de la voix de Seyé parvint jusqu'à son esprit.

— Sarah ! Revenez avec moi… Ne vous laissez pas emporter de l'autre côté de la lumière… là où tout est noirceur et tristesse… Luttez… Réagissez !

Seyé se mettait à la vouvoyer, tellement il se sentait impressionné par le grand sorcier qui sommeillait en elle. Ce sorcier, qui ne demandait qu'à être réveillé.

Pour l'heure, il était grand temps de rentrer à la cache de Saint-Louis.

Chapitre 14

(Plume-5) CH 14–1

Le conseil de guerre était en place. C'est ainsi que l'a nommé Seyé. À vrai dire, cela ressemblait plus à une terrasse de café où l'on buvait le thé avec quelques douceurs, si ce n'était les propos qui tranchaient de manière brutale avec les discussions habituelles dans un tel cadre.

— Il nous faut nous approcher le plus possible du centre de la cérémonie, répondit Alassane.

— Certes, leur répondit Seyé en les réprimandant, mais comme je vous l'ai dit, Sarah est fortement perturbée dès qu'elle se trouve à proximité des tambours et gigues ancestrales.

— Mais nous ne pouvons intervenir à distance. Pour Shana et sa mère Shalma, elles peuvent agir à distance, mais il nous faut prendre place au centre. Je ne peux pas le faire à sa place. Je pourrais l'aider ? reprit Alassane.

— Je crains que non, Sarah est au-delà de ce que vous imaginez, reprit Seyé.

— À quel point est-elle au-delà ? demanda Sarah, mais sa voix était celle de sa mère qui parlait par son truchement.

— Salma, votre fille… Je l'ai vue en action, à proximité des djambas. Elle a été immédiatement en transe. Et j'ai eu toutes les peines du monde à la faire revenir, répondit Seyé, conscient de la personne à qui il s'adressait.

— Moi aussi, je me mets en transe, et ce n'est pas pour autant que je suis en danger.

Cette fois, c'était Shana au travers de Sarah qui parlait. Seyé restait silencieux. Comment faire comprendre ce qu'il avait entrevu ? Comment ne pas heurter les esprits et surtout les inquiéter plus que de raison ? Lui-même en était très atteint. Il ne savait pas quoi faire. Ce matin encore, il pensait que ce serait certes difficile, mais pas de cette façon. Un long silence se faisait autour de lui, chacun comprenant qu'il cherchait ses mots. Personne ne vint le perturber ou le harceler. Ils attendaient, tout simplement.

Seyé regarda Sarah, avec piété, mais aussi forte inquiétude. Il reprit la parole, parlant doucement, d'une voix la plus profonde possible, la plus calme possible.

— Sarah n'est pas ce que vous imaginez. Je ne sais pas comment le dire autrement, alors je serai direct. Sarah est bien au-delà de tout ce que j'ai pu voir en termes de magie, de captation des énergies terrestres et célestes. Elle est comme un paratonnerre, reliant ciel et terre, le haut et le bas.
— Mais c'est plutôt à notre avantage alors, dit Alassane.
— Non, pas sans risque, hélas...

— De quel risque parlez-vous ? s'enquit Shana, la voix trahissant une inquiétude issue de la connaissance partielle de la réponse.

— Je pense que vous l'avez deviné, Shana. Ainsi que vous, Salma...

— Vous craignez..., mais Shana ne put poursuivre sa phrase via l'entremise de Sarah.

Ce fut sa mère qui reprit la parole, la gorge nouée au tréfonds des possibles vocalises de sa fille.

— Elle peut basculer… N'est-ce pas ? C'est cela ? Elle peut…

— Je ne comprends pas, s'énerva Alassane.

— C'est pourtant évident, reprit Seyé. Elle peut devenir la Vierge Noire, et avec une puissance qui nous sera alors impossible de combattre.

— C'est impossible ! hurla Alassane. Pas ma fille !

— Elle peut aussi la vaincre, rajouta Shana qui reprenait le contrôle des mots de Sarah. Si elle peut devenir elle, elle peut la détruire aussi.

— Mais elle peut aussi ne pas en revenir. Et ceci affectera non seulement notre peuple, notre pays, mais bien au-delà. J'ai eu un aperçu de son pouvoir lors de notre passage rapide au sein de cette cérémonie. Et elle a dépassé le niveau de tous les sorciers que je connais. Mais elle n'a pas été préparée à cela. Elle ne connaît rien des pièges, des règles, des coutumes. Elle se laisse porter par son instinct. Et vous savez comme moi où cela conduit…, ajouta d'un ton grave Seyé.

À nouveau, le silence se fit. Cette fois, personne n'attendait une réponse. Tout le monde se taisait, perdu chacun dans ses pensées, cherchant une solution. S'il y avait eu un crash d'avion devant la maison, personne ne l'aurait vu. Pas un mouvement ne perturbait les personnes présentes physiquement ou psychiquement.

Seule une personne bougeait sur place. Une seule, qui regardait tout le monde, de ses yeux grands ouverts. Le vent se soulevait doucement, tournoyant autour d'elle. Sarah se réveillait pleinement. Seyé fut le premier à s'en rendre compte.

— Que t'arrive-t-il, Sarah ?

— Assez ! C'est assez ! Je ne suis plus cette petite fille de 12 ans que l'on renvoie loin de sa mère, de son pays, de sa

famille ! Je ne suis plus cette femme apeurée qui ne connaît rien à rien, déracinée, perdue. Je ne connais pas vos traditions ! Soit ! Et alors ?

— Sarah, calme-toi…, la voix de Salma se faisant entendre doucement. Mais Sarah l'interrompit.

— Silence, mère ! Silence aussi, toi, ma sœur ! Silence à vous tous ! Je ne serai plus votre pantin. Je sais ce pour quoi je suis ici. Je le sais. Je l'ai vu. Je peux mourir, soit ! Je l'accepte ! Mais je ne tomberai pas, comme vous dites, du côté obscur ! On dirait ce vieux film des années 70, « Que la force soit avec toi ! »… Vous me faites rire… Je connais les risques. Je sais à quoi je m'expose. Et je le ferai, avec ou sans vous. Maintenant, la question est : Allez-vous m'aider, ou allez-vous continuer à vouloir me surprotéger comme si j'avais toujours 12 ans ? Voilà la question.

À ses mots, la réponse fut unanime. L'aider !

(Plume-1) CH. 14–2

Seyé reprit le contrôle de la situation et fit la synthèse.

— Sarah est consciente et totalement volontaire pour cette « mission ». Elle connaît les risques et est prête à mourir s'il le faut. Nous devons maintenant envisager toutes les possibilités, même les pires, et éradiquer définitivement le bouclier malfaisant. La meilleure stratégie serait que Shana et Salma nous rejoignent ici au plus vite. Les forces psychiques seront décuplées et nous pourrons mieux nous défendre. Je vous envoie des hommes vous escorter jusqu'ici. Alassane, vous devez vous concentrer et reprendre des forces physiques, mentales et spirituelles. Nous aurons besoin de vous. Nous devons tous nous préparer à affronter une horde d'esprits malfaisants. Je vais contacter toutes les connaissances que j'ai et

consulter les sages, ils m'indiqueront un moyen pour que Sarah ne bascule pas du mauvais côté.

— Je suis d'accord, répondit Sarah.

— Je vais me retirer pour quelques heures, acquiesça Alassane.

— Nous nous retrouvons ici dans 2 heures, précisa Seyé.

Chacun regagna sa chambre.

Sarah se mit en boule dans son lit. Elle essayait de se souvenir ce qui s'était passé quelques heures plus tôt. Elle n'avait rien dit pour n'inquiéter personne, mais elle avait senti lors de leur passage au carnaval que quelqu'un la tirait mentalement vers un coin de son esprit. Était-ce une présence bienfaisante ou malfaisante ? Elle ne pouvait certifier. Ce que Seyé avait pris pour une transe incontrôlée n'était que cette plongée dans ce monde parallèle. Sarah était curieuse et voulait se rapprocher de cette source, mais les secousses que lui avait infligées Seyé l'en avaient extirpée trop tôt.

Regardant autour d'elle, elle s'assura qu'elle était bien seule et n'hésita qu'une tierce de seconde pour décider de se mettre en transe. Alors que certains sorciers devaient utiliser des artifices ou des drogues pour entrer dans cet état semi-comateux, Sarah n'avait aucune difficulté. Il lui suffisait d'ouvrir mentalement une porte pour se transporter d'emblée dans cet univers spirituel.

Elle s'engagea dans le corridor sombre qui s'ouvrait devant elle, et aiguisa son oreille pour distinguer le bruit et la voix qui l'avaient attirée initialement.

Un tam-tam bas et discret lui parvenait. Elle se laissa guider par son instinct et parvint à une porte en bois où nulle poignée ni serrure n'existaient. Comment l'ouvrir ?

À peine l'eut-elle pensé, que la porte s'entrebâilla de quelques millimètres. Sarah la poussa sans aucune crainte. Une odeur d'encens et d'humus mêlés lui parvint jusqu'au nez.

Elle pénétra dans ce qui semblait être une caverne au plafond courbe. Aucun signe, aucun bruit. Les tam-tams avaient disparu.

En tournant la tête sur la gauche, elle vit une forme qui ondulait. Elle s'en approcha.

La fumée qui l'entourait se dissipa, elle se trouvait face à une paire d'yeux ronds qui la fixait. Elle distingua dans un sursaut intérieur, le cobra royal dressé fièrement, le cobra du début, celui qui la poursuivait dans ses rêves.

Son sang se figea, elle n'avait aucune idée du pourquoi, pourquoi était-il encore là, face à elle.

La petite langue fourchue pointait et se rétractait au rythme hypnotique d'une musique qu'elle percevait à travers son corps. Elle était attirée, captivée.

Un éclair la traversa, du cerveau jusqu'à la pointe de ses pieds. Une voix résonna dans sa tête.

— Je suis Naja, l'esprit royal des ancêtres. Ceci n'est qu'une forme d'emprunt. Je t'ai attirée jusqu'à moi à cause de l'imminence du combat qui t'attend. Sois attentive à mes paroles et je te révélerai le secret qui te donnera la force et le pouvoir pour contrer la Vierge Noire. Il te faudra beaucoup de courage pour maîtriser ta peur et aller au-delà du mur noir. Lorsque tu l'apercevras, tu sentiras un vide t'envahir, tu auras la sensation que la vie te quitte, mais n'aie crainte, car tu as été choisie. Tu penses rêver? Je sens tes questions. Tu comprendras en temps voulu. Pour te donner la preuve que tout ceci n'est pas un songe, lorsque tu reviendras à toi, tu auras une

marque sur la face interne du poignet, cette marque est le signe du Cobra que tous les sorciers connaissent, ils seront obligés de se soumettre à cette autorité, et à cause de cette marque, ils t'ouvriront les portes. Quant à toi, souviens-toi, au plus fort du combat, si tu sens la faiblesse te gagner, regarde ce signe, la force des ancêtres associée à celle de ta famille s'alliera pour anéantir le dernier rempart des forces noires. Mais sois prudente et surtout, n'aie pas peur d'enjamber le mur noir.

Dans un dernier chuintement, tout disparut devant ses yeux.

Sarah se retrouva assise sur le lit, un peu sonnée. Elle se frotta le front, les yeux chassant la brume de ses rêves. Un picotement lui fit baisser la tête, elle tourna sa main et vit sur la face interne de son poignet gauche, une image représentant une paire de lunettes. Non, ce n'était pas un rêve. Le signe du Cobra.

Elle entendit au-delà de sa chambre des bruits et des voix. C'était Shana et Salma qui embrassaient avec grands cris de joie Alassane.

(Plume-2) CH 14–3

Seyé, se tournant vers Sarah pour l'inviter à ces retrouvailles, fut arrêté net dans son élan.
L'éclat qu'elle renvoyait était aveuglant.
Une multitude de couleurs, allant du bleu au rouge en passant par les tons vert et orangé, encerclait Sarah de fines bandes étincelantes et réduisait à néant toute tentative de la toucher.
Elle irradiait une telle chaleur qu'il dût reculer tout en sentant par magnétisme le froid glacial s'imbibant en elle peu à peu.

Nul doute qu'une toute-puissance avait intégré le corps et l'esprit de Sarah durant les quelques moments de repos qu'il s'était octroyé.

Un coup d'œil à son poignet lui confirma ce qu'il pensait.

Outre les pouvoirs surnaturels de Sarah hautement plus développés que ceux d'eux tous réunis, celle-ci était désormais souveraine sur l'ensemble des sorciers par son autorité seule.

Seyé ne savait plus s'il devait s'en réjouir ou non. La menace que Sarah bascule de l'autre côté, fasse allégeance au Diable, lui taraudait l'esprit. Mais il ne pouvait plus s'opposer, il était plus que temps d'agir.

Par ses diverses connexions mentales, il avait aperçu dans une lueur verdâtre le Lion du défilé se rapprocher dangereusement du Mur Noir !

Dans quelques heures, en cas de défaite, Sarah ne serait plus qu'une statue de glace résistant à la température extérieure de trente-cinq degrés Celsius.

Cette dernière prit la parole d'une voix métallique que personne ne reconnut :

— Naja, l'Esprit royal des ancêtres est venu à ma rencontre. Il est le Cobra royal dont je porte désormais la marque. Nous sommes enfin tous les quatre réunis et à nous s'associent les forces de nos ancêtres, de Seyé et de tous les sorciers. Il est urgent que nous nous rendions sur le lieu du Carnaval ! Le Lion a déjà trop avancé. Plus nous attendrons, plus difficile sera notre combat...

— Mais ils vont nous reconnaître, coupa Shana.

— Par mes pouvoirs surnaturels et oniriques, vous avez dès maintenant l'apparence de feux follets.

— Mais et toi...

— Je suis ce que je suis... intouchable par les rayons lumineux qui m'entourent. Ne t'inquiète pas Shana, je sais

que ma vie est dans l'au-delà. Je dois rester visible pour mener un combat d'honneur. Il faut y aller ! Nous n'aurons plus de seconde chance, nous devons combattre maintenant !

Immédiatement, une fumée rouge se répandit aux alentours et éclata en mille gerbes de lumières orangées aux odeurs sulfureuses rendant l'atmosphère irrespirable.

Les orages grondaient, de longues zébrures violettes hachuraient le ciel. La chaleur était intense. La lune et le soleil étaient réunis sur une même ligne faisant des zones d'ombre et de lumière. De temps à autre, des gouttelettes glaciales s'abattaient sur la population indifférente à toutes ces manifestations surnaturelles.

Indifférent à tout, le peuple était occupé à savourer ces jours magiques de carnaval et scandait des chants pleins d'allégresse, de ferveur et de dévotion.

Le passage du Lion lui arrachait des cris d'espérance ne se doutant pas un seul instant que le Dieu du Mal avait pris la place du malheureux croupissant dans une cave.

Ces mêmes gens ne remarquaient pas plus les oscillements du Mur Noir ni les vapeurs s'en échappant que les profondes lézardes l'ébréchant de toutes parts, indifférents aussi aux feux follets menant depuis quelques moments des sarabandes démentes.

Et plus étrange encore, pas un d'entre eux ne s'étonnait de la présence de Sarah couleur arc-en-ciel au-dessus de leurs têtes.

Elle tenait en ses mains un sabre dont la lame pointue faisait des arabesques avec rage.

Une vision d'horreur pour un spectateur averti, un cataclysme géant.

Chapitre 15

Les arabesques se transformèrent en une multitude de langues de feu.

Le sabre de Sarah pétrifia la foule.

Un silence de plomb tomba sans prévenir sur les scènes délirantes du Carnaval.

Les danseurs, les marabouts, les instrumentistes, les chanteurs et toute la foule se retrouvaient comme des statues de marbre, chacune dans des attitudes surprenantes, mais dans des gestuelles de fête.

Le mur noir avançait face à elle.

Conduisant sur les routes étroites en direction d'Orcival, Sarah freina brusquement.

Un rideau de brume épais et noirâtre se dressa devant son véhicule.

Soudainement, elle vit apparaître, tout autour de sa voiture, le théâtre d'un carnaval en image.

Dans les cieux se matérialisa le Cobra protecteur et au niveau de la route un Lion.

Salma et Shana firent irruption à l'intérieur de l'habitacle en lui préconisant de continuer en direction de Chartres.

— *Pourquoi Chartres ?* leur répondit-elle fermement, mais avec une certaine appréhension.

— *Tu n'as pas connaissance de sa puissance, celle de la Vierge Noire ?*

Sarah, en un flash soudain, eut accès à sa mémoire eidétique et des odeurs méphitiques l'obligèrent à faire une halte. Elle sentait le soufre, odeur diabolique qui la poursuivait.

Elle avait lu le chapitre dans lequel Sarah était tentée par les démons.

Elle se retrouva subitement à l'arrêt et décida de se diriger vers Chartres.

Alors que Salma et Shana disparaissaient en se dissipant dans l'éther, par télépathie, Alassane lui transmit ce message :

— Tu vas retrouver tes mémoires ancestrales de l'ADN. Va, Sarah, et presse-toi, car « l'Amour inconditionnel a toujours été représenté avec la couleur noire. Tu es la seule qui puisse abolir le sortilège et le malheur qui vont s'abattre sur notre peuple. Nous sommes là pour te soutenir et décupler tes pouvoirs. Tu as en toi des forces insoupçonnées.

Aussitôt sa destinée reprise, elle se retrouva dans le tumulte vociférant.

Elle se sentait dédoublée, dans deux vies parallèles, dans l'ivresse d'un passé, d'un futur et d'un présent qu'elle ne maîtrisait plus.

Son pouvoir n'en était que décuplé, en elle montaient des énergies inconnues jusqu'à ce jour.

Au prochain croisement, elle s'engagea sur son nouveau trajet. Son GPS lui indiquait 380 km.

Avançant droit devant elle, Seyé la suivant dans son sillage. Sarah était auréolée d'une puissance intense et planait bien au-delà de ses pensées.

Elle leva le bras tatoué du signe du Cobra et c'est à cet instant précis que le mur noir se liquéfia.

De visqueuses flaques s'ébauchèrent sur le sol.

Au fur et à mesure qu'elles s'étalaient et se répandaient largement à terre, une voiture roulant à vive allure s'esquissa, à la surface, comme dans un miroir.

(Plume-4) CH 15–2

N'Yaccamba avait regroupé ses troupes autour de lui à la fête rituelle. Il était prêt pour incarner, pendant le temps carnavalesque, le lion cherchant à combattre le cobra.

Ses forces regroupaient celles des plus grands sorciers du passé, concentrées de génération en génération depuis la nuit des temps.

Mais il était très inquiet.

Ses espions lui avaient rapporté qu'une des deux jumelles possédait le signe et le pouvoir du cobra absolu, que ses capacités allaient au-delà de ce qu'ils connaissaient.

N'Yaccamba savait que son clan et lui-même couraient un grave danger s'ils s'attaquaient de front à cette furie.

Il avait réfléchi à une autre solution, se demandant quelle était la force capable de contrer toutes puissances ?

La réponse lui était venue immédiatement : l'amour.

Dès lors, le scénario avait défilé devant ses yeux.

Il devait séduire la femme, pas la sorcière.

Oui, mais laquelle des deux sœurs ?

Il savait que Shana souffrait de transes incontrôlées et qu'elle avait dû prendre des sédatifs pour que son psychisme ne perde pas pied, il la considérait donc fragile.

Sarah la seconde jumelle venait de France et ignorait les us et coutumes du pays.

Lui méconnaissait la puissance de ses aptitudes.

Il en avait discuté la veille avec Aristide-Honoré par téléphone.

— Allo, avait dit Aristide au bout du fil.
— C'est N'Yaccamba. Je ne vous dérange pas ?

— Pas encore, répondit Aristide sur un ton agacé.

— Mes indicateurs me rapportent que l'une de vos petites filles est le cobra absolu, que ses pouvoirs dépassent l'entendement. Qu'en pensez-vous ?

Un silence s'était imposé avant que la voix d'Aristide ne vienne en retour.

— Je ne sais pas trop : Shana a de gros pouvoirs, mais sans sa sœur, elle est vulnérable. Quant à Sarah, je pense avoir sous-estimé ses capacités, dès le départ, en l'éloignant de moi.

— Donc, vous sous-entendez que la petite Française serait la plus puissante ?

— Je n'en sais rien, mais après réflexion, ce serait bien possible.

— Vous confirmez donc que Sarah peut être le cobra absolu ?

— J'en ai bien peur… C'est ce qui me semble le plus probable.

Cette fois, le silence était venu de N'Yaccamba.

Il avait raccroché le combiné sans prendre congé de son correspondant.

Si c'était Sarah, le cobra absolu : Sarah serait sa cible.

Il devait trouver un moyen de la rencontrer pour enclencher une phase de séduction directe.

N'Yaccamba pensait, qu'aveuglée par l'amour, la femme amoureuse pouvait entraîner la sorcière vers la magie noire.

Cette éventualité arrangerait bien des choses, pensait-il.

Les forces ennemies n'auraient plus d'emprise sur elle. Mon clan serait pratiquement invulnérable, avec nos deux puissances surnaturelles réunies. Ainsi, N'Yaccamba pourrait garantir la protection de tous les sortilèges symbolisés par la vierge totem. Aristide maintiendrait, de ce fait, son business et amplifierait son pouvoir politique.

Dans sa rêverie, N'Yaccamba voyait son aura de sorcier se magnifier également

Il avait réfléchi un long moment à cette éventualité puis avait entrepris de consulter ses ancêtres.

Les résultats de ses transes vers l'au-delà n'avaient pas été aussi enthousiasmants que cela.

Les avis des anciens restaient partagés, jamais l'expérience n'avait été tentée sur la puissance du cobra absolu et les risques encourus d'un revirement de situation étaient grands.

Il était arrivé que le manipulateur s'éprenne lui-même de son sujet et qu'il bascule vers la force opposée.

Pour l'heure, l'idée germait dans les pensées de N'Yaccamba.

Il quittait maintenant ses rêveries pour reprendre sa prestation au milieu de la parade. Il devait se concentrer pour orchestrer le spectacle. Dans quelques instants, il se produirait un mouvement de transes collectives initié par les danses et les tam-tams.

Déjà de longues zébrures violettes apparaissaient dans le ciel. L'atmosphère était brûlante. L'ombre et la lumière distordaient sa vision, tout s'anamorphosait autour de lui.

L'air lul semblait irrespirable et l'environnement devenait noir.

Une sorte de malaise précédait toujours le début de ses transes, mais là, il le sentait, c'était différent des fois précédentes.

Il entrevit un arc-en-ciel, puis toutes les personnes présentes autour de lui semblèrent se figer, avant de se sentir glisser dans un autre espace-temps sous la forme d'un lion.

La brève image d'une jeune femme conduisant un véhicule sur une route de campagne lui apparut soudainement, puis disparut dans une brume épaisse et noirâtre.

N'Yaccamba avait pris par réflexe, la forme métallique représentant le lion sur le capot du véhicule qu'il avait entrevu.

Ses sensations étaient étranges, mais pas dénuées d'intérêts.

Dans cette position, il n'était pas détectable par les occupants de la voiture et discrètement se laissait conduire où ils allaient.

La voiture prenait de la vitesse et le spectacle devenait étourdissant.

Des flaques brillantes apparaissaient sur le sol comme la surface d'un miroir. Des étincelles se reflétaient dessus, donnant au jour une couleur pratiquement blanche.

Un éclair déchira le ciel et le véhicule et ses occupants se retrouvèrent devant la cathédrale de Chartres, en France.

N'Yaccamba se demandait ce qu'il faisait là.

Comment cela avait pu être possible de passer du carnaval de Saint-Louis au Sénégal au parvis de la cathédrale de Chartres en France, en quelques instants.

Il ne quitta pas tout de suite sa forme de lion métallique pour voir qui étaient les occupants de la voiture qui l'avaient mené jusque-là.

Sa surprise fut grande lorsqu'il vit Sarah sortir seule de la voiture et se diriger vers l'entrée de la cathédrale.

Il se dit que l'occasion était idéale pour provoquer le hasard d'une rencontre amoureuse.

Il se concentra sur son état corporel et finit par s'extirper de la forme métallique du véhicule et récupérer son corps de jeune homme séduisant.

Il lui fallut tout de même quelques minutes pour se sentir apte à tenir debout et faire quelques pas chancelants.

N'Yaccamba reprit sa forme physique ainsi que son esprit entreprenant, puis se dirigea vers l'entrée de la cathédrale de Chartres avec la ferme intention d'influencer l'avenir.

Chapitre 16

Sarah rentrait dans la Cathédrale de Chartres. Elle ne savait pas ce qui l'attendait. Elle se signa, comme par automatisme, l'habitude de son éducation française, sans chercher à comprendre. Pourtant elle savait, au fond d'elle-même, que ce n'était pas forcément ce Dieu-là qu'elle venait voir. Mais pourquoi Chartres ? Pourquoi cette cathédrale ?

Derrière elle, N'Yaccamba, en habit de moine, habillé de noir, se dirigeait vers elle, d'un pas résolu. Avant qu'il n'arrivât à elle, Sarah était au cœur de la Nef principale, devant ce labyrinthe construit au XIIIe siècle. Elle commençait à se diriger vers le point d'entrée. C'est à ce moment-là que N'Yaccamba la rejoignit.

— Madame ? Puis-je vous aider ?

Elle se retourna, ne vit qu'un simple moine, beau, élégant, et digne.

— Je ne sais pas. Je suis venue ici, poussée par une pulsion intérieure.
— Oui, cette cathédrale a des vertus indicibles. Venez plutôt de ce côté. Je vais vous montrer quelque chose qui pourrait vous intéresser.

Il lui indiqua la direction du chœur, en particulier l'emplacement de la relique du voile de la Vierge. Elle hésita, mais se détourna du labyrinthe et suivit son hôte. Arrivés devant la relique, un violent vent s'empara de Sarah. Cette étoffe sainte la ramenait dans les années 800, date à laquelle l'empereur d'Occident, petit-fils de Charlemagne l'offrit à la communauté religieuse. Le voile était d'une puissance infinie. Sarah se retrouvait dans un maelström d'images, de sensations diverses et confuses. Elle voyait dans cet homme de foi un être extraordinaire, profond, sensible et si prévenant.

Lui, lui parlait de l'histoire de ce voile, de sa valeur infinie pour la religion chrétienne. N'Yaccamba évidemment usait de cette impression pour asseoir son pouvoir sur le mental et les sentiments de Sarah, pour la faire basculer vers la Vierge Noire. Et cela fonctionnait. Sarah, de plus en plus, s'assombrissait. Elle devenait de plus en plus effondrée sur elle-même. Tant et si bien, qu'elle saisit la main du moine pour se tenir debout. Leur contact poursuivit le piège qui se refermait sur elle.

Elle était maintenant dans un imaginaire interdit, l'amour pour un homme d'Église. Il était beau, jeune, doux et attentif. Comment pouvait-elle, elle, si jeune, si seule en ce moment, résister à cette attraction, pourtant contre l'ordre des règles usuelles.

Elle se vit tomber dans ses bras, sans même qu'il ne résiste, ne serait-ce qu'une seconde. Elle coulait littéralement sur place, abandonnant sa forme onirique pour une forme physique, intensifiée par la chaleur de cet homme de bien. Elle s'enfonçait dans sa féminité, ses désirs de jeune femme. Elle s'abandonnait, telle Guenièvre succombant avec Lancelot, à l'amour pourtant interdit.

Alors qu'il ne restait presque plus rien d'elle, si ce n'est cette image noire, d'une femme dressée et violente, combattant pour son droit à aimer contre les règles et l'éthique, elle se sentit happée, brûlée par son poignet, vers le dessous de la cathédrale : une crypte, petite, sombre, très ancienne, celle où les moines de l'époque, bien avant la première chrétienté, une ancienne grotte occupée par des Carnutes, des Gaulois, habillés en blanc... Ces hommes étaient des druides, qui faisaient un culte particulier en cet endroit, celui de la Vierge devant enfanter. Ils priaient autour d'elle. Ils formaient un cercle, fermé, cherchant à la protéger, malgré elle.

Elle se débattit, mais rien n'y fit. Pourtant, elle n'était pas attachée. Rien ne la retenait. Ces hommes n'avaient aucune approche négative envers elle. Ils la respectaient et si elle choisissait de partir, ils la laisseraient faire.

— Alors pourquoi est-ce que je reste au milieu d'eux ? Ils ne sont pas de ma culture ! Je ne retrouve pas ici mon ADN.

Ce faisant, cette phrase la ramena à l'instant présent, le temps d'une seconde. Elle se rappelait pourquoi elle était là. Si ces hommes, bien que d'une culture différente, si ces hommes-là, avaient connu les mêmes croyances, pratiques différentes et semblables de la Vierge Noire et de la Vierge blanche ? Et si elle était là où elle devait être ?

— Suis-je ici pour que vous me formiez ?
— Non, répondit l'un d'eux. Vous devez parcourir votre chemin et non pas celui que quiconque voudrait vous imposer, qui ne serait qu'une illusion de plus...

Elle regarda autour d'elle, se sentit calmée, et revint dans les bras du prêtre qui la serrait fort. Il n'avait rien vu de cette transmigration instantanée pour lui, mais une éternité pour elle. Elle se dégagea de ses bras et, sans écouter le moindre mot qui la rappelait à lui, elle se redirigea vers le centre de la nef, ce labyrinthe. Elle entreprit de suivre les lignes sinueuses, tournant à gauche, à droite.

N'Yaccamba se rendait compte qu'il perdait le contrôle. Il essaya plusieurs fois de s'interposer dans sa progression, ignorant totalement ce labyrinthe dessiné à même le sol. Mais c'est justement cette ignorance qui le rendait inopérant sur elle. Sarah, quant à elle, continuait d'avancer.

Lorsqu'elle atteint le centre du labyrinthe, cette fleur à six branches, elle comprit. Ce labyrinthe était la symbolique de la recherche, de la rencontre des forces divines, quelles qu'elles fussent, d'ici ou d'ailleurs, la symbolique de se trouver, non ce moi égotique, mais ce soi, l'être profond qui sommeillait en chaque être humain. De son poignet sortit le cobra qui d'un coup de langue transperça l'illusion de N'Yaccamba, révélant son vrai visage.

Sans violence, elle le fixa et sut. Il était temps maintenant qu'elle revienne. Elle savait enfin qui elle était, pourquoi cela devait être Elle, et pourquoi maintenant.

Dans un coin de la nef, N'Yaccamba était effondré au sol, quasiment immobile, sans capacité de réintégrer sa propre réalité. Le venin du cobra avait frappé, et il était affaibli. Mais il restait dangereux. Un animal blessé est capable de se battre avec furie pour sauver sa vie...

(Plume-1) CH 16–2

Dans un ultime sursaut de survie N'Yaccamba retrouva un peu de forces communiquées par un reste de désespoir. Il ne devait pas faillir à la mission qu'il s'était imposée, mais force était de reconnaître qu'il avait sous-estimé Sarah.

Il fit appel à toute son énergie, étendit sa main qui se transforma en patte de lion et, d'un geste vif, atteignit Sarah et lacéra la moitié de son bras.

Sarah eut un sursaut de douleur et de la zébrure perla une goutte de sang.

Comme sous l'effet d'une hypnose, figés tous deux, ils virent se former et grossir la goutte vermeille qui glissa le long du bras pour atterrir au sol.

Hallucination ou magie, la goutte grossit encore et de goutte en goutte, un tourbillon liquide dans des nuances rouge sang, virant au cramoisi et repassant au carmin, augmentait en intensité et en variabilité. Il s'éleva dans les airs un mur circulaire qui entoura N'Yaccamba, telle une menace à enrayer.

On entendit un cri dans le tumulte vrombissant puis, comme une vague s'échouant sur le rivage, s'écoula aux pieds de Sarah une rivière sanguinolente qui disparut peu à peu, s'évaporant sous ses yeux.

A la place de N'Yaccamba, il n'y avait plus que le vide.

Elle sentit un fort picotement à sa blessure, la ramenant à la réalité, et lorsqu'elle fixa son bras, la plaie avait disparu.

Hagarde, elle regarda autour d'elle, tâtonnant en esprit pour sortir de la cathédrale.

C'est alors qu'elle la vit.

La madone noire, la Vierge Noire trônait dans le chœur de la nef. Pourquoi ne l'avait-elle pas vue auparavant ? Attirée malgré elle, Sarah s'approcha et tendit la main pour toucher la statue. Le contact la fit frissonner, elle était aussi froide que du marbre, mais elle ressentit une chaleur venir progressivement envahir sa main puis son bras tout entier. Elle la retira aussitôt, la marque du cobra semblait rayonner d'une flamme intérieure.

Elle sentit une énergie électromagnétique émaner du noyau de la Terre, l'approcher en spirale et le contact fut bref, violent, fulgurant.

Elle sentit le basculement de son corps vers l'arrière sous la pression et la force. Elle dut recourir à toute sa maîtrise pour rester debout, mais la pression l'avait fait reculer d'un pas.

En même temps, des flashs d'images surgirent et s'imprimèrent dans son esprit. Elle vit le visage d'une femme tordue de douleur sous les flammes et la torture. Elle criait et répétait « adiutare ! virgo ». C'était le cri ultime d'un profond désespoir qui ébranla Sarah, elle en eut des frissons.

Quelque chose était passé entre cette madone et elle. Cette voix résonnait encore, c'était presque un appel au secours. Une vierge affublée de tant de pouvoirs l'appelant à l'aide ? C'était illogique et impensable.

Pourtant, elle ne pouvait se débarrasser de ce sentiment comme la certitude qu'on lui avait communiqué une énergie nouvelle en vue d'un combat.

Une hâte soudaine la gagna, elle voulait retourner vers les siens et affronter son destin.

Chassant les mille et une questions qui tournaient dans sa tête, elle entreprit de rejoindre son véhicule.

Chapitre 17

(Plume-2) CH 17–1

Sarah conduisait à allure modérée, mais au bout de quelque temps, arrêta le véhicule sur un stationnement. Trop de questions et d'émotions déferlaient en elle et elle était à bout de souffle.

Au bout de quelques minutes, elle réfléchit intensément.

Elle ne pouvait s'aventurer sans mesurer les tenants et les aboutissants dans un combat dont elle savait la probable conclusion, celle de sa propre destruction !

D'abord retourner au Sénégal par la force de son esprit, aller sur le lieu du carnaval où Seyé et ses multiples consorts luttaient âprement contre les fourberies de leurs opposants puisque, désormais, les attaquants et leurs pouvoirs surnaturels étaient visibles de tous.

De là où elle se trouvait, elle pouvait entendre les sanglots de la population et leur désespoir.

Néanmoins, les suppliques de la Vierge Noire l'avaient ébranlée.

Serait-il possible que cette dernière ait basculé, par le miracle de la foi, du côté des faibles, des familles, de la communauté entière pour rejoindre leurs idéaux propres ?

Ceux de sa famille, de Seyé et de toutes les éminences ayant trait à la sorcellerie ?

Comme elle avait failli succomber aux attraits de l'amour !

« Invraisemblable ! se dit-elle.

Mais qui m'appelle à l'aide dans ce cas ?

Qui a besoin de moi au point de subir les influences maléfiques transmises par N'Yaccamba présent dans la cathédrale ? »

Sarah avait compris depuis longtemps que ses forces et pouvoirs étaient infiniment plus développés que ceux l'accompagnant dans cette diabolique épreuve.
Une nouvelle fois, la notion d'urgence la saisit.

Elle ferma les yeux. Ses incantations fiévreuses la ramenèrent au Sénégal sur le lieu du Carnaval, entourée comme toujours de nébulosité, des fureurs du ciel aux couleurs multicolores.

Comme pressenti lors de son opposition à N'Yaccamba avec sa propre chair blessée, le carnage meurtrier s'annonçait.
Le Lion avait disparu.
À sa place régnait la Vierge Noire en toute transparence.
Sur son visage, des larmes et des contractions de douleurs.
Subterfuge ou réalité ?
Attrape-nigaud ou vérité ?

Sarah sentit à nouveau son esprit et son âme la quitter, s'en aller vers le côté sombre d'elle-même, vers la face cachée qu'elle refoulait depuis sa rencontre avec le démoniaque N'Yaccamba.
Ses forces s'amenuisaient face à la Vierge, car quoiqu'il ressortirait de ce combat, ce que la Vierge Noire incarnait était le mal ! Et depuis trop longtemps, elle était confrontée aux crimes et aux nuisances.

Les voix aimées s'enfilaient autour d'elle. De longues conversations face auxquelles elle demeurait tétanisée.
« Vite Sarah, vite ! Nous sommes sous le joug de la malédiction de N'Yaccamba.
Il a transféré ses pouvoirs à des iconoclastes hors du commun, que nous ne pouvons détruire ! Libère-nous, il est hors de question que tu sois seule face à ces terroristes ! »

Les voix lui parvenaient de plus en plus faibles. Les derniers mots furent prononcés dans un souffle.

Serait-ce Shana qui l'appelait quelques moments plus tôt à Chartres ?

Sarah se concentra intensément, car sa capacité à voir l'avenir s'amenuisait.

Peut-être ne deviendraient-ils que de simples mortels une fois les combats terminés ?

Sarah se positionna en fœtus comme auparavant et fit appel à toutes ses ressources pour voyager dans le futur.

Ce qu'elle vit l'apaisa.

Shana, Selma et son père étaient réunis autour d'un enfant.

Ils étaient dans un pré et elle pouvait voir l'amour se reflétant dans leurs yeux.

D'elle, de Seyé, elle ne vit aucune trace.

Elle s'enfouit plus encore à l'intérieur d'elle-même afin de se concentrer sur la Vierge implorante.

Des soubresauts prirent Sarah. Ses bras lui parurent arrachés, ses jambes morcelées, mais ce qu'elle vit la glaça et la réconfortait dans le même temps.

Désormais, elle savait l'identité de l'apparition et composa un plan pour que les minutes à suivre soient à tout jamais gravées dans la mémoire de la population.

(Plume-3) CH 17–2

Une population depuis trop longtemps sous le joug et l'asservissement d'êtres démoniaques devait être libérée. Elle pouvait diffuser une image, implantée au fond de sa mémoire, à tout ce peuple manipulé. Mais est-ce que ceci sera une réalité ou une autre illusion sur laquelle les peureux se

raccrocheront et les malhonnêtes s'appuieront ? Ceci… Elle…
Oui, elle !

Un enfant à naître… Pas le sien, non… Mais celui de son sang… Un enfant d'une étrange couleur… Un enfant bleu !

L'enfant bleu, que l'on appelle aussi enfant indigo, était pour son pays natal un signe de force, de reconstruction et d'indépendance face aux maléfices qu'il subissait. Il était cette annonciation, ce renouveau, cet espoir.

Elle crut se désintégrer de ce vieux monde.
Ne plus exister en tant qu'être de « chair ». Plus de corps !
Allégée de son enveloppe dense et lourde, Sarah se retrouvait partout à la fois, aussi bien dans le règne minéral que végétal, dans le règne animal qu'humain.

Dans cette scène du carnaval, sur cette foule hilarante en fête, s'abattait l'esprit archangélique, l'apparition qui l'avait frappée et confortée dans sa foi.

La chaîne et cette petite croix, qu'elle portait autour du cou et qu'elle ne quittait jamais, prenait tout son sens. Ce symbole s'imprimait dans son esprit errant dans l'éther.
Jamais personne n'avait pu lui raconter l'histoire de ce bijou et elle ignorait sa provenance.

Aussitôt que cette question lui vint, la réponse se trouvait déjà en elle et autour d'elle. Un vent chaud s'empara d'elle, comme le dernier souffle d'une vie qui déjà s'en allait au loin.

— Bonjour et bienvenue chère Sarah. Nous sommes venus t'accueillir, tu viens de passer un pont énergétique. Ta mission dans les sphères terrestres a été grandement accomplie. Tu as sauvé ton peuple avec une sagesse royale.

Sarah regardait vers sa famille, près de son corps. Il n'y avait plus trace de cette image du futur, cet enfant bleu, cette fille, avenir de tout un pays. Mais elle redoutait que ses proches, sa mère, sa sœur, ne comprennent pas pourquoi elle avait agi ainsi.

— *Ta famille sur Terre te pleure, mais inconsciemment, ils savaient tous que les sorts jetés sur la Vierge Noire ne pouvaient être combattus que par une seule personne, toi Sarah.*

Derrière elle, s'ouvrit une porte, dans une lumière dorée et intense cernant la scène, deux personnes d'une beauté irréelle se dirigeaient vers elle et l'étreignirent chaleureusement.

Jamais, elle n'avait éprouvé ce sentiment durant sa vie. Il lui semblait les connaître depuis toujours.
Et sans aucun mot prononcé, elle comprit que c'étaient ses grands-parents. Les parents d'Alassane !

Quelques nostalgiques notes de musique « Oh, ma jolie Sarah » la surprirent en émettant des sons cristallins.
Et là, elle vit, dans un ciel bleu nuit, un soir de pleine lune, si loin, une frêle silhouette...

Puis tout s'estompa si prestement que son âme fusionna avec délicatesse dans cet océan universel appelé Amour.

Chapitre 18

(Plume-4) CH. 18–1

Sarah se retrouvait maintenant dans un espace blanc cotonneux loin de toute image physique de son corps. Elle était décontenancée, se sentait vaporeuse et légère. L'environnement autour d'elle était fait d'harmonie et de paix. Des ombres bienfaisantes circulaient lentement autour d'elle.

Sarah comprenait qu'elle était morte. Que son esprit n'appartenait plus au réel.

Une pointe de regret traversa son cœur. Elle aurait tant aimé que sa vie soit plus longue. Elle aurait tant aimé rencontrer l'amour.

L'image du bel homme d'Église dans les bras duquel elle avait glissé lui revint en pensée. Son corps chaud et musclé l'avait complètement envoûtée.

Elle se souvient que son être de chair et de sang réclamait ce toucher, que ses sens désiraient ces instants de plaisirs inaccessibles.

Soudain, une pointe de colère traversa son âme. Pourquoi avait-il fallu que son père l'ait retrouvée pour l'entraîner dans cette guerre qui n'était pas la sienne, avec une famille qui lui était quasi inconnue.

Le noir de son cœur emplissait maintenant l'espace.

L'environnement se modifiait au gré des dérives de son humeur. Un gris granuleux l'entourait, une sensation de gouttes de pluie coulant sur son moi profond la faisait tressaillir et l'agaçait encore plus.

La colère grossissait au même rythme que s'élevait une tempête tout autour d'elle.

Les âmes bienveillantes avaient fui, ne restaient que les esprits rageurs et haineux dans son tourbillon.

Les nuages viraient maintenant au brun rouge, des éclairs zébraient l'espace.

La chaleur montait très vite. Sarah s'approchait de l'enfer.

La rage s'était emparée de son esprit et ses pensées lui criaient que non seulement elle ne pouvait rien y faire et que de plus, elle ne voulait rien y faire. Désormais, son âme souffrait des mille maux des damnés.

Des hurlements montaient en elle comme des vibrations maléfiques. Sarah se savait perdue.

Au milieu de ce tumulte, une voix douce arriva jusqu'à elle.

Cette voix lointaine lui disait de se calmer, de se concentrer sur le souvenir de l'image du cobra qui était tatouée sur son poignet, lorsqu'elle était vivante.

Les yeux du cobra lui revinrent en mémoire et eurent pour effet d'apaiser un peu sa colère. Les douleurs diminuèrent d'intensité également.

La voix rassurante de la sérénité se faisait de plus en plus audible augmentant la bonne humeur retrouvée et influençant l'environnement dans lequel Sarah flottait.

Des images agréables et des sensations de tendresse réintégraient son esprit. Le calme et la béatitude lui étaient enfin revenus.

Sarah reconnut clairement la voix de Naja, l'esprit royal des ancêtres, qui l'avait abordée dans sa chambre lors d'une transe improvisée.

— Belle Sarah, sois la bienvenue dans ce monde hors du temps. Tu viens de vivre l'expérience qui t'entraîne vers l'enfer. J'espère que tu en as tiré toutes les leçons. Il te

faudra toujours contrôler tes pensées et les orienter vers le beau, tu as compris que les émotions spirituelles irraisonnées t'entraînent inexorablement vers l'antre du malin. Si tu ne veux pas perdre ta liberté spirituelle, tu dois penser positif.

Sarah se sentait l'âme d'une enfant apeurée. Tout ça était tout nouveau pour elle.

Elle se posa à elle-même la question : pourquoi suis-je morte ?

Elle n'eut pas le temps de formuler une réponse que la voix de Naja se faisait entendre.

— Parce que le ressenti amoureux, que t'a insufflé le terrible N'Yaccamba sous les traits du jeune prêtre dans la cathédrale de Chartres, a ouvert en toi une faille dans laquelle ce terrible démon s'est introduit. Les âmes sages, veilleurs du sanctuaire virginal et lieu saint de la cathédrale, t'ont heureusement protégée quelques instants. C'est ce petit laps de temps qui t'a permis de t'échapper des maléfices de N'Yaccamba. Hélas, la morsure du cobra que tu lui as infligée en retour n'a pas été assez profonde pour l'anéantir rapidement. La blessure qu'il t'a portée au bras a suffi pour que vos ADN se confondent et se nourrissent l'un de l'autre. Dès lors, vos heures étaient comptées à tous les deux.
— Est-ce à dire que N'Yaccamba a aussi succombé à sa blessure ?
— C'est fort probable.

Lorsque N'Yaccamba avait compris que Sarah la sorcière prenait l'ascendant sur Sarah la femme et qu'elle lui échappait, il avait tenté de la retenir pour la contraindre de nouveau à son pouvoir.
Mais la rapidité du cobra avait eu raison de celle du lion.

La douleur de la morsure avait paralysé son corps et la stupéfaction s'était chargée de bloquer son esprit. Dans un mouvement désespéré, il avait voulu se rattraper au bras de Sarah pour ne pas basculer dans le néant, mais c'était la patte du lion toutes griffes dehors qui avait touché le bras de la guerrière.

Voyant les perles de sang converger vers lui, il avait ouvert une protection psychique sous la forme de panneaux sombres pour avoir le temps de transmuter dans le cœur de la Vierge Noire, exposée au centre de la cathédrale.

Il se souvenait que Sarah était venue toucher cette statue et qu'il avait encore essayé de l'attirer vers les abîmes du malin. Seulement, il s'était passé une chose étrange dans son ADN, c'était comme si Sarah et lui étaient devenus des âmes sœurs, comme si leurs destins avaient fusionné. L'impression avait été trop fugace pour qu'elle soit analysable.

Sarah avait quitté le lieu saint.

N'Yaccamba profita alors d'une irisation, provoquée par l'éclat du Soleil d'été au travers des vitraux de la grande rosace du transept sud de la cathédrale, pour s'échapper sur les couleurs de l'arc-en-ciel et s'évaporer vers le delta temps qu'il avait abandonné au carnaval de Saint-Louis au Sénégal.

Le retour fut violent.

Les heures d'absence n'étaient pourtant que des secondes. Mais le corps de N'Yaccamba accusait le coup.

Le carnaval battait son plein et les festivités arrivaient à leur paroxysme.

La parade se terminait enfin. N'Yaccamba rentra chez lui épuisé.

La marque de la morsure du serpent sur son bras était bien réelle, placée au même endroit que celui qu'avaient touché les griffes du lion sur le bras de Sarah. Hasard ou signe ? Fait diabolique ou divin ?

L'idée que Sarah puisse être devenue son âme sœur le faisait sourire… presque de plaisir.

Il avait aimé son odeur, la douceur de sa peau, son souffle dans son cou. Leur première rencontre avait été pour lui un véritable coup de foudre. Même si la magie y était pour beaucoup, N'Yaccamba avait été touché par un corps de déesse qui avait fait vibrer l'homme qu'il était.

La douleur de la blessure se rappelait à lui. La fièvre de l'agonie était déjà présente. Il allait mourir.

Il s'était allongé sur son lit et implorait son père Yai Koufdia, pour qu'il vienne à son secours.

N'Yaccamba n'avait plus de force, ni de pouvoir magique, ses derniers instants de vie étaient comptés.

Il préféra concentrer ses pensées sur Sarah dont il se savait maintenant amoureux pour quitter la terre des vivants.

N'Yaccamba lâcha son dernier soupir dans les bras de l'aura de son père avec Sarah dans le cœur.

Yai Koufdia l'escorta jusqu'au monde hors du temps, le monde des âmes errantes, tous les sorciers défunts l'accueillirent.

Sarah et N'Yaccamba étaient, sans le savoir, réunis dans un même environnement spirituel.

(Plume-5) CH 18–2

Sarah se recroquevilla à nouveau en position d'un fœtus. Elle ne pouvait supporter ce lieu ni cet espace. Un espace de vide, de lumière blafarde et aussi trompeuse, où les voix se succédaient, celle de Naja, mais aussi dans un fond sonore à peine audible, les milliers de voix des victimes de la Vierge Noire. Avait-elle seulement réussi ?

Elle voulait entrer en contact avec sa sœur, ou sa mère, ou n'importe qui d'autre, qui serait encore là-bas, en bas, ou en haut, question de point de vue… Elle essayait de les entendre et de se faire entendre.

Naja reprit la parole :

— Cela ne sert à rien. Personne ne peut t'entendre ici… Tu dois maintenant accomplir ton dernier trajet, vers la lumière…
— Oui, mais ai-je seulement réussi ? Est-ce que le peuple est sauvé ? Est-ce que ma sœur l'est aussi ? Et son bébé, cet enfant bleu dont je ne comprends pas tout… ?

Naja se taisait. Rien ne sortit de sa voix invisible, juste les lamentations des âmes autour d'elle… Et une voix, une autre voix, plus chaude, plus masculine… Une voix qu'elle connaissait, sans savoir qui, et pourtant… Elle chercha des yeux. Mais rien dans cet espace sans limites, brumeux et sans réalité physique ne pouvait lui permettre de « voir ». Au mieux entendait-elle, mais sans entendre… Non par ses oreilles, mais par sa conscience. Et cette voix s'approchait. Elle murmurait d'abord, puis se faisait de plus en plus forte, sans être désagréable.

Lorsque la voix fut assez proche, elle reconnut les mots.

— Sarah ! Tu es là, toi aussi ! Je ne l'aurais jamais imaginé ainsi ! Et pourtant… J'aurais aimé que tu sois épargnée. Hélas, cette griffure que je t'ai infligée était une condamnation mortelle, quels que soient tes efforts. Je m'en veux, mais en même temps, je suis si heureux de te retrouver ici…

N'Yaccamba ! C'était la voix de N'Yaccamba ! Elle n'y croyait pas !

— *Comment pouvez-vous être ici, dans ce qui ressemble à un paradis, enfin, si l'on peut dire ?*

— *Un paradis ? Non, un monde éthérique, avant de progresser vers un autre état de conscience, un au-delà. Mais tu le sais déjà, tu as vu, à ce que je vois, le mal et le bien réunis ici. D'ailleurs, quelle signification peuvent-ils bien avoir ici ? Qu'est-ce que le mal ? Qu'est-ce que le bien ? Ici, nous ne sommes plus rien, et en même temps, nous allons devenir le tout...*

— *Je ne comprends rien ! Le Cobra m'a indiqué que nos ADN s'étaient mélangés... Et qu'il fallait que j'aie des pensées positives... pour me délivrer.*

— *Te délivrer ? De quoi ? Ici, il n'y a plus rien. Plus rien à part l'univers sans limites, mais aussi sans action possible dessus... Oui, nos ADN se sont mélangés. Et tu t'es transformée. Et moi aussi...*

— *Est-ce encore une de vos ruses, sale sorcier !*

— *Je ne suis plus ici ce sorcier que tu as connu. Je suis N'Yaccamba, simplement, mais autrement. Je... Tu m'as transformé. Je ne suis plus le même. Enfin, si tant est que l'on puisse dire que nous puissions de toute façon rester les mêmes ici...*

— *Je ne comprends rien !*

Et Sarah de se recroqueviller encore plus, tentant désespérément de contacter ses proches pour savoir si son action a réussi, ou si ce fut un échec à cause de cette blessure du lion maléfique. Mais rien ne venait, rien ne sortait.

— *Tu cherches à savoir si tu as réussi ?*

— *Laissez-moi tranquille !*

— *Je ne peux pas...*

— *Et pourquoi donc ? Vous voulez encore agir sur moi ? Vous voulez me pousser à la faute ? Quel piège êtes-vous en train de fomenter, même après la mort ?*

*— Aucun piège, aucune duperie... Juste de l'amour...
Oui, je sais, j'entends ton silence éloquent. Comment
pourrais-je t'aimer ? N'est-ce pas encore une ruse, comme
celle dans la cathédrale ?*

*— Vous m'aviez trompé avec votre apparence de
prêtre ! Un prêtre !!*

*— Oui, mais la langue du Cobra m'a puni, et me voici
maintenant ici, près de toi, si l'on peut dire, puisque nous
n'avons plus de matérialité...*

— Et quelle est votre volonté alors ? Quelle nuisance ?

— Non, je te le répète... J'ai changé...

— Je ne vous crois pas ! Jamais !

*— Je comprends... Alors je vais te le montrer... Il va m'en
coûter, mais je te le dois, parce que je t'aime...*

Sans qu'elle ne sache comment, un voile se leva dans la
brume qui l'entourait. Un voile qui laissa apparaître des
formes, lointaines, très lointaines... L'une d'entre elles était
plus familière que les autres... Elle était double... Non, pas
double... Elle était son double... Elle lui ressemblait, de
l'époque où elle était faite de chair et de sang, sa sœur
Shana !

Elle s'approcha du plus près qu'elle put de cette vision,
mais quelque chose l'en empêchait.

*— Tu ne peux pas la toucher, mais je vais faire mon
possible pour que vos liens vous unissent une dernière
fois...*

Elle entendit la voix, triste, sanglotante, de sa Shana... Les
mots... Elle ne les comprenait que trop...

*— Ma sœur ! Sarah ! Qu'avons-nous fait ? Pourquoi
toi ? Pourquoi pas moi ? Je ne suis pas aussi forte que toi !
Je ne suis rien comparativement... Pourquoi toi ?*

Ses propos étaient emplis de tristesse. Sarah ne savait pas si elle pourrait l'entendre, mais elle s'y risquait. Tandis qu'elle faisait cet effort, de toute sa force, elle sentait que N'Yaccamba, lui, s'affaiblissait par l'effort qu'il produisait pour maintenir ce lien trans-monde.

— Shana ? Shana ? M'entends-tu ?

— Sarah ? Sarah ? C'est toi ? Comment ? Tu… Tu es morte !

— Oui, c'est moi, Sarah… Oui, je suis morte… Mais est-ce que nous avons réussi ? Est-ce que la Vierge Noire est détruite ? Dis-le-moi !!

— Bien sûr qu'elle est détruite ! Vous vous êtes fondues l'une l'autre pour provoquer in fine une autodestruction mutuelle ! Cela aurait dû être moi ! Pas toi ! Pas si jeune et si innocente !

— Non, si j'ai réussi, alors c'est bien… Et tu as une autre mission…

— Quelle mission ? Tout est fini ! Je n'ai même plus le pouvoir de me projeter dans l'avenir, ni ma mère… Nous sommes impuissantes ! Je ne vois pas ce que je pourrais faire ! Je n'ai pas tes pouvoirs !

— Toi, non… Mais l'enfant qui naîtra de toi, peut-être… Si c'est une fille… L'enfant indigo, tu sais ce que cela signifie, n'est-ce pas ? Mieux que moi, même !

Un silence prit Shana… Elle touchait de sa main le corps inerte de sa sœur, mais de l'autre côté, dans son esprit, elle l'entendait s'exprimer clairement, plus limpidement encore que dans les jours qui avaient précédé ce drame.

— L'enfant indigo…, reprit-elle. J'ai peur de comprendre… ?

— L'avenir ?

— Potentiellement le mal !

— Potentiellement seulement… Potentiellement le bien !

— *Comment savoir ? Et surtout comment ? Comment serais-je celle qui va porter cet enfant ? Comment le sais-tu ?*

— *Lors de l'affrontement final, quand j'étais unie avec la Vierge Noire, moi accompagnée de la Vierge blanche et du Cobra, une partie vitale, je le vois maintenant, s'est engouffrée en toi. Elle est latente. Elle est la graine d'un lendemain.*

— *Oui, mais est-ce ta graine, ou celle de la Vierge Noire ?*

— *Je ne le sais pas. Mais tu le sauras...*

— *Alors jamais je n'aurai d'enfant !*

— *Et pourtant, tu en auras un... Avant de ne plus voir l'avenir, avant de me retrouver ici, je l'ai vu distinctement dans ce monde si loin de vous...*

— *Mais, pourquoi es-tu morte ? Je voudrais tant que tu reviennes !!!*

Shana était à nouveau en larmes. Et Sarah sentait que N'Yaccamba était sur le point de lâcher prise. Il ne tiendrait pas plus longtemps, à peine quelques secondes, les dernières de « sa vie ».

— *Sarah, je ne pourrai plus très bientôt te parler. Je défie ici les règles élémentaires des esprits. Mais je le fais pour toi, pour le peuple ! Cet enfant, s'il vient de moi, de ma force, alors il sera un peu moi... Ne penses-tu pas ? Voudrais-tu priver le peuple d'un espoir ?*

— *Et moi, celui de te revoir... Non comme ma sœur, mais comme ma fille, c'est bien cela ?*

— *Je ne le fais pas pour moi, je le fais pour vous...*

— *Sarah, reste encore un peu... Dis-moi comment je pourrais savoir si cet enfant est bon ou maléfique ?*

— *Shana, je pourrais...*

— *Sarah ? Sarah ? Je ne t'entends presque plus ! Sarah ! Sarah !!*

Shana était debout, criant à tue-tête, à la surprise générale de ceux qui l'entouraient, dont Seyé, sa mère et son père. Elle hurlait de toutes ses forces : Sarah !

— *Je t'aime, Shana, lança dans un dernier effort Sarah.*

Puis le silence se fit. Et Sarah vit Shana, une dernière fois, qui s'effondrait auprès du corps sans vie, celle de sa sœur… Elle revit le brouillard se reformer autour d'elle. La voix de N'Yaccamba était presque éteinte.

— *Je ne peux plus… Je suis désolé, Sarah…*

Elle vit son aura, celle d'un homme profondément affaibli, mais profondément lumineux. Et si ?

(Plume-1) CH 18–3

N'Yaccamba, scintillait, son corps devenait de plus en plus flou.

Sa lumière sous cette forme devenue ondulante et douce s'approchait peu à peu de Sarah.

Sarah qui perdait elle-même peu à peu de sa forme vitale se sentait irrémédiablement attirée. Elle abandonna dans ses derniers instants, toutes ses luttes et tous les combats menés jusqu'à leur terme.

Une dernière chose la tracassait cependant. Bien que confiante dans l'avenir de l'enfant et certaine que Shana et Selma sauront entourer de leur affection ce petit être, une part infime d'elle lui insuffla une inquiétude. Aristide pendant toute la bataille ultime, avait réussi à se cacher, elle craignait qu'il reforme un groupuscule et mette en danger ses bien-aimés.

Perdue dans ses pensées, elle sentit une force lui faire tourner la tête. Elle regarda et vit une trouée dans l'ouate grise. Quelqu'un essayait de lui parler, une voix de « l'autre côté » se fit entendre.

— *Sarah, Sarah ! M'entends-tu ?*

Elle reconnut la voix de Seyé.

— *Je sais que tu vas bientôt t'évaporer à jamais dans cet espace. Je voulais te joindre et te faire une promesse. Tu nous as délivrés de la Vierge Noire, le pays va peu à peu se remettre, mais il faudra du temps et beaucoup d'énergie. Le peuple est motivé, le zèle du renouveau souffle dans chaque veine. Je ne saurai comment te remercier pour ce sacrifice que tu as accompli. Alors, je te promets que je ferai en sorte de protéger les tiens, ils ne manqueront de rien, ils seront sous ma protection. Je sens ton inquiétude pour ton grand-père, n'aie crainte, j'enverrai le traquer, il ne pourra se cacher nulle part, tous les groupes ont été démantelés. Grâce au titre de commandeur dans l'Ordre national du Lion, j'ai désormais les mains libres pour diriger toute opération, mais également pour superviser la reconstruction du Sénégal. Repose-toi maintenant, laisse ton esprit rejoindre la vallée des ancêtres. Mon esprit t'accompagne là où tout s'en va.*
— *Merci, souffla Sarah.*

C'était le signe qu'elle attendait, pour qu'enfin son corps devînt léger et repoussa toute hésitation.

Les deux énergies se tendirent l'une vers l'autre, celle de N'Yaccamba et celle de Sarah qui se mélangeaient dans des éclats bleutés et dorés, déployés en hélice, s'élevant et s'étirant dans l'espace infini.

Leurs présences flottèrent loin et ils ne furent plus qu'un point à l'horizon, si horizon il y avait en cet endroit.

Épilogue

Shana, allongée sur un sofa, se reposait à l'ombre de la terrasse. Assise à côté d'elle, Selma tricotait un gilet léger, l'air doux et salin donnait des couleurs aux joues pâles des deux femmes. Alassane dans la maison préparait le thé.

Un rire d'enfant résonnait sur la plage.

— Papa ! Papa ! Regarde ce que j'ai attrapé !

L'enfant tenait un petit crabe entre ses doigts potelés.

— Fais attention, il peut te pincer !
— Non papa, je le tiens bien fort ! Je vais d'ailleurs le montrer à maman. Mamaaan ! hurla l'enfant à plein poumon.

Shana souriait en l'entendant. Elle caressa du regard la petite silhouette qui brandissait un portune en venant vers elle, sautillante d'impatience. Elle s'arrêta un court instant sur l'intérieur du poignet, une bouffée d'amour l'envahit en même temps qu'un léger trouble, un signe s'y trouvait…

Le signe du cobra, marqué en double, tel un tatouage indélébile…

FIN

Au Clair de Plume (6 plumes)

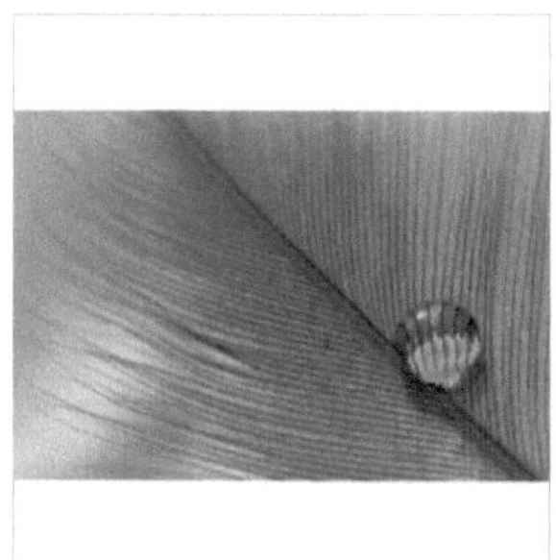

Au Clair de Plume

https://plus.google.com/communities/1173993464043884
82771

Auteurs :

> **Plume 1 : Anneh Cerola**
> **Plume 2 : Anne Françoise Rappez**
> **Plume 3 : J. C. M.**
> **Plume 4 : Alicia Victoriama**
> **Plume 5 : Deux Cent Cinquante Et Un**
> **Plume 6 : Frederic Charlet**